Bordesholmer Edition

Band 5, zweite, korrigierte Auflage 2013

„Im Vertrauen, ich glaube immer noch nicht, dass die so ganz freiwillig ins Wasser gegangen ist."
„Du meinst, der da drüben hat ein bisschen nachgeholfen?"
„Sie soll ja schwanger gewesen sein. Aber ich hab nichts gesagt."
„Fürchtest wohl um Dein Amt?"
„Lass gut sein. Schwangere sind ja schließlich zu allem fähig."
„Sprichst wohl aus Erfahrung?"
Schulze schaute seinen Jugendfreund an. Wusste der was?

J. Baasch, Silvia Biener, Ch. Günther, Diana Kühl und H. Wiedling

Schmalsteder Beifang

Zweiter Bordesholm-Krimi

Herstellung und Verlag:
BoD – Books on Demand, Norderstedt
ISBN 978-3-8482-2419-7

Der Zwergenkönig

Wanderer, die auf ihrem Weg entlang der Eider zur Alten Brücke gehen, kommen bei dem Hofe Johannsen an einer Anhöhe entlang, die der Penzelsberg genannt wird.

Aus alten Zeiten, als es in den Erzählungen der Menschen noch Zwerge gab und sonstige fabelhaftige Wesen, geht die Geschichte von der Schmalsteder Mühle mit ihren sonderbaren nächtlichen Umtrieben. So standen zum Beispiel des Morgens fertig geschrotete Mehlsäcke vom Abend vorher da. Das hat nun einen neugierigen Müllergesellen verleitet, Erbsen auf den Mühlenniedergang zu streuen, um die nächtlichen Kobolde zu fangen.

Es gab nachts darauf ein Gepolter in der Mühle, so dass die Müllersleute aufstanden, um nachzuschauen. Sie fanden einen Kreis von Zwergen, die – sich an beiden Händen haltend – um ihren toten König herum tanzten und sangen: „Penzel ist tot. Penzel ist tot."

Dieser Zwergenkönig Penzel wurde daraufhin in einer goldenen Wiege auf der höchsten Erhebung am Urstromtal der Eider begraben.[1]

An stillen Tagen, wenn die Dämmerung hereinbricht und graue Nebel von der Eider aufsteigen, vernimmt der Wanderer, wenn er genau hinhört, auch heute noch den wehklagenden Gesang der Zwerge, die ihren König nicht vergessen können:
„Penzel ist tot. Penzel ist tot."

5

1.

„Doris, Doris, schnell!"

Völlig außer sich kamen die Kinder zu ihr gelaufen.

„Was gibt's?"

„Eine Tote!"

„Eine was?"

„Eine richtige Tote."

„Spinnt ihr? Wo?"

„Da drüben. Echt eine Tote", wiederholte einer der kleinen Abenteurer.

„Wer sie ist, wissen wir noch nicht", ergänzte altklug der Kleinste der Gruppe.

„Die ist richtig, richtig tot!", kam es ganz aufgeregt von einem anderen.

„Bewegt sich nicht, wenn wir sie mit Stöcken piksen", erläuterte stolz einer der kleinen Detektive, „haben schon alles versucht."

„Wo ist sie?"

Aufgeregt rannten die Kinder voraus bis zur Lügenbrücke. Die entsetzte Erzieherin konnte ihnen nur mit Mühe folgen. Vor der Brücke bogen sie ab und liefen ein Stück den Graben hinauf, der vom Einfelder See kommt. Kurz hinter der ersten Biegung verstummte ihr Geschrei. Sie blickten auf eine junge Frau, die im Graben lag, und dann erwartungsvoll hinüber zu ihrer Kindergartenmama, die ihnen keuchend folgte.

Der Graben hatte kaum Wasser. Die Tote lag auf dem Bauch, den Kopf in einer sumpfigen Pfütze inmitten des Grabens. Rundherum Spuren kleiner Gummistiefel der Sud-Piraten, die, als wäre es ein Kinderkrimi, bereits die Leiche in Augenschein genommen hatten. Sie schienen nicht zu begreifen, warum Doris zu schreien anfing.

„Weg davon! Hilfe! Hilfe!", schallte es durch den Wald. Aber keiner hörte die Rufe der entsetzten Erzieherin.

Sie nahm alle ihre Kräfte zusammen, befahl – was sonst nicht ihre Art war – den Kindern energisch, sofort zu ihr zu kommen. Gemeinsam gingen sie auf den Seeweg zurück.

„Warum hört mich denn nur keiner?", jammerte sie, und von Neuem rief sie aus Leibeskräften „Hallo! Hilfe!"

„Hier! 1-1-0. Nimm doch mein Handy. Notruf kostet sowieso nichts."

Als wäre es das Normalste von der Welt, hatte der kleine Junge schon die Nummer gewählt und reichte Doris, die von einer Handvoll erwartungsvoller Nachwuchsabenteurer umringt war, sein Handy. Eigentlich war es verboten, ein Handy mit in den Wald zu nehmen. Aber in so einem Fall, dachte er, wird sie nicht böse sein.

Doris nahm ihm das Handy aus der Hand. Inzwischen hatte sie sich wieder unter Kontrolle. Sie wählte aber nicht 110, sondern die Nummer der Bordesholmer Polizeistation, die sie auswendig kannte. Eine Freundin arbeitete dort.

„Die von Bordesholm sind schneller da. Wer weiß, wann von der Polizeizentrale jemand hier ist", erklärte sie dem kleinen Pfiffikus, was sie machte.

„Stimmt", bestätigte er altklug, „die von Kiel würden auch erst mal jemanden von hier losschicken."

Der Knirps schien sich in Krimis auszukennen.

„Polizeistation Bordesholm, Kommissarin Erika Friedberg am Apparat. Was gibt's?"

„Eine Leiche im Graben beim Bordesholmer See."

„Eine Leiche, sagen Sie? Mit wem spreche ich?"

„Doris Kruse von den Sud-Piraten, Sie wissen, die zweite Kindergartengruppe im Wald am Bordesholmer See[2]. Die Jungs haben sie entdeckt."

„Und wo genau ist die Fundstelle?"

„Gleich bei der Lügenbrücke. Am besten, Sie fahren über …"

„Danke", unterbrach sie, „wir kommen."

Die Polizistin wählte die Anfahrt über die L 49, wobei sie ein Stück Fußweg in Kauf nahm. Hinunter nach Alt Bordesholm, durch den Wildhof und über die Vogelwiese hätte sie bis an die Brücke heran fahren können. So parkte sie den Wagen in der langen Kurve ortsauswärts Richtung Neumünster oberhalb der Sud. Der schwere Passat rutschte etwas in den grasbewachsenen Hang hinein, was die Kommissarin in der Eile nicht weiter beachtete.

Da kamen auch schon die um Hilfe gebetenen Kollegen aus Einfeld. Gemeinsam eilten sie den Fußweg zum See hinunter und bogen an der Sud links ab. Für die Schönheit dieser verlandenden Bucht des

Bordesholmer Sees hatten sie keine Augen. Unterhalb eines Buchenhaines ging es dann am See entlang zur Lügenbrücke.

Der Notarzt war bereits vor Ort. Er hatte den anderen Weg gewählt. Erika Friedberg verschaffte sich einen Überblick über die Lage. Sie notierte Anschriften und Telefonnummern und bat die Erzieher, mit den Kindern zurück in ihren Stützpunkt zu gehen und die Eltern zu informieren. Dann suchte sie gemeinsam mit dem Notarzt nach Ausweispapieren oder anderen Hinweisen auf die Identität der Leiche. Aber sie fanden nichts. Für Kommissarin Friedberg gab es vor Ort nichts mehr zu tun. Sie bat die Kollegen aus Einfeld, an der Unglückstelle zu warten, und machte sich auf den Rückweg. Der Pfad von der Sud zur Straße hinauf war steil, und so kam sie außer Atem bei ihrem Auto an. Sie startete und wollte mit einem Schwung vom Seitenstreifen auf die Straße fahren, aber der Wagen rutschte auf dem feuchten Gras weg und weiter in den Hang hinein. Die Polizistin stieg aus und besah sich den Schaden. Allein würde sie hier nicht heraus kommen, die Hinterräder waren tief in den weichen Untergrund gegraben. Während sie noch überlegte, hielt hinter ihr mit gemütlichem Dieselbrummen ein großer LKW. Aus dem Führerhaus klang eine sonore Stimme:

„Na, Fru Wachtmeister, dor mütt wi sachts een beten hölpen?"

Dankbar blickte die Polizistin zu dem Führerhaus hinauf. Der Kapitän der Landstraße fuhr einige Meter vor, so dass das LKW-Ende direkt neben dem Passat stand. Dann entstieg er dem Führerhaus, suchte in einem Kasten am LKW nach einem Seil, befestigte es am Abschlepphaken des Polizeiautos und an seiner Anhängerkupplung, schwang sich behände auf seinen Fahrersitz und rief:

„Platz nehmen! Dat geiht forts los!"

Langsam, fast zärtlich zog der schwere LKW den Passat auf die Straße. Der Fahrer stieg aus, entfernte das Seil von den Fahrzeugen und verstaute es an seinem Ort. Die Polizistin stieg aus ihrem Wagen:

„Vielen Dank! Womit kann ich das wieder gut machen?"

„Allens good! Viellicht krieg ik jo mol een Punkt weniger in Flensborg."

„Das glaube ich eher nicht." Erika Friedberg blickte auf das Firmenschild an der Kabinentür.

„Sind Sie der Inhaber?"

„Seniorchef, Jens Bülck. Ut Grot Bookwohld", lachte der Fuhrunternehmer, „…und ob Sie es glauben oder nicht, Ihre Kollegen haben mir mal 5899 Punkte aufgebrummt."

Bei diesem Thema war er ins Hochdeutsche verfallen. Doch dann fügte er hinzu:

„Dorför künnt Se jo aver nix. Se hebbt seker to doon. Un mien Lüüd töft sachts ook all op den Kies."

Damit schwang er sich in die Fahrerkabine und brummte davon.

2.

In der Polizeistation Bordesholm wurde der Fall bereits lebhaft diskutiert.

„Typisch Bielfeld. Klar. Mordfall in Bordesholm. Da ist er sofort da. Heimspiel. Kann er sich endlich mal wieder vor eigenem Publikum zur Schau stellen. Wird bestimmt Leiter der Mordkommission – und fünf Zentimeter größer."

„Ständ ihm gut bei seinem Übergewicht."

„Wieso eigentlich Mord?"

„Bielfeld sagt, es sei Mord."

„Und sicher sollen wieder die Jungs vom freien Vollzug dahinter stecken."

„Und bestimmt sein Freund Tom! Wetten, dass…"

„Da kommt die Erika. Sieht so aus, als hätte sie Neuigkeiten."

Kommissarin Erika Friedberg kam in das Büro zu ihren beiden Kollegen und setzte sich auf einen der freien Stühle am Besprechungstisch.

„Ich komme gerade von der Unfallstelle – oder dem Tatort, je nachdem. Es sieht jedenfalls gar nicht gut aus. Könnte wirklich ein Mord sein. Aber erschlagen wurde das Mädchen nicht. Die Schrammen am Hinterkopf stammen vermutlich von diesen unverfrorenen Waldkindern, die angeblich mit Stöcken getestet haben, ob sie wirklich tot ist oder nur so tat als ob, um mit ihnen zu spielen. Diese kleinen Verletzungen kommen als Todesursache natürlich nicht in Frage. Der Arzt des Notfallrettungswagens hat Wasser in der Lunge festgestellt und vermutet Tod durch Ertrinken. Was ja nicht verwundert, schließlich lag sie mit dem Kopf unter Wasser. Fragt sich nur, wie oder durch wen sie in diese Lage gekommen ist."

„Unser Freund Bielfeld hat bereits angerufen. Er ist unterwegs."

„Hatte ich mir schon fast gedacht."

In der Tat fuhr in diesem Moment der Ford-Mondeo-Dienstwagen von Bielfeld auf den Polizeiparkplatz neben dem Rathaus. Friedberg ging hinaus, um ihn zu begrüßen.

„Das ging ja flott. Ich komme auch gerade erst von der Fundstelle."

„Ich hoffe, Ihr habt nichts angerührt."

„Der Notarzt hat natürlich untersucht, ob noch was zu machen sei. Aber erwartungsgemäß Fehlanzeige. Mausetot. Seit Stunden, wie er sagt."

„Na, dann wollen wir mal. Ich hoffe, Ihr habt die Stelle weiträumig abgesperrt."

„Selbstverständlich. Zwei Kollegen aus Einfeld sind da und passen auf."

„Warum Kollegen aus Einfeld? Warum nicht Hansen und Kohnke? Ist doch eine Bordesholmer Angelegenheit."

„Die sind unterwegs wegen des Apothekeneinbruchs."

„Der ist immer noch nicht geklärt? Ich dachte, da wär was in den Mitteilungen gewesen."

„Nein, deshalb habe ich sie ja noch einmal zu Herrn Schuster geschickt. Eigentlich müssten sie gleich wieder da sein."

Als Bielfeld und Friedberg am Fundort ankamen, war bereits die Spurensicherung zugegen. Bielfeld stellte die üblichen Fragen. Nachdem die Umgebung nach Fuß- und Tatspuren abgesucht und Fotos gemacht waren, wurde die Tote nach Kiel in die Pathologie abtransportiert. Beide Kriminalbeamte blickten dem Leichenwagen nach.

„Also wenn auch nur die leiseste Spur in Richtung eures Modellversuchs weist", bollerte Bielfeld los, „stelle ich alle unter Hausarrest, isoliere sie voneinander und lasse das Haus bewachen."

„Zu welchem Zweck, wenn ich fragen darf?", wendete Friedberg ein.

„Da fragen Sie noch? Vertuschungs- und Fluchtgefahr. Oder ziehen Sie es vor, in Bordeholm Mörder frei herumlaufen zu lassen?"

„Hier im offenen Vollzug sind keine Mörder. Die sind in Kiel oder sonst wo im sicherem Verwahr einer geschlossenen Vollzugsanstalt."

„Ich spreche nicht von verurteilten Mördern, sondern von potentiellen."

„Ich bin die Jugendbeauftragte hier und komme regelmäßig in das Heim. Ich kenne sie alle. Da ist kein potentieller Mörder dabei. Dafür lege ich meine Hand ins Feuer."

„Dann verbrennen Sie sich mal nicht. Aber lassen Sie uns nicht spekulieren, sondern Nachforschungen anstellen."

„Haben Sie als voraussichtlicher Leiter der Mordkommission konkrete Vorstellungen für die Vorgehensweise?"

„Erst einmal muss die Todesursache genauer geklärt sein. So ein junges Ding fällt nicht einfach in knietiefes Wasser und ertrinkt."

„Da muss ich Ihnen Recht geben. Nach einem Unfall sieht es wahrhaftig nicht aus."

„Na also. – Zum weiteren Vorgehen bitte ich Sie zunächst einmal, vor Ort die üblichen Erkundigungen einzuholen und Informationen zu sammeln, bis eine Mordkommission bestimmt ist. Vor allem halten Sie Kontakt zu den Leuten vom offenen Vollzug. In diesem Falle bitte ich, die Augen in Hinsicht auf unseren Fall besonders offen zu halten. Aber bitte machen Sie keine größeren Sachen ohne Rücksprache mit mir."

„OK. Ich wollte ohnehin heute einen meiner routinemäßigen Besuche machen. Aber da ist ja nun der Fund der kleinen Sud-Piraten dazwischen gekommen, und ich habe die Kollegen beauftragt. Ich kann ja morgen noch einmal selbst hinfahren."

„Und kümmern Sie sich noch mal um den Apothekeneinbruch. Inzwischen sind drei Monate vergangen. Ohne greifbare Resultate. Was sollen wir den Bürgern sagen?"

Friedberg schaute auf die Uhr.

„Hansen und Kohnke sind gerade unterwegs, den Apotheker Schuster noch einmal zu befragen, ob es nicht doch irgendwelche neuen Hinweise gibt, denen man nachgehen könnte."

„Ich kann nur wiederholen: Trauen Sie sich doch endlich mal, in diesem Heim an der B4 aufzuräumen. Hatten Sie keinen Durchsuchungs-befehl? Haben Sie ihn überhaupt jemals beantragt?"

„Es führt doch zu nichts. Meinen Sie, die sind so dämlich, das Zeug mit ins Wohnheim zu bringen?"

„Vielleicht gerade deshalb. Weil sie genau wissen, dass Sie das nicht vermuten."

„Das sind keine Dealer. Und die drei Abhängigen sind in Behandlung, werden regelmäßig untersucht und bekommen ihr Methadon. Aber wenn Sie meinen."

„Tun Sie was. In der Bürgerversammlung werden die Leute fragen, was Sie unternommen haben. Die Bevölkerung kocht. Und jetzt erst recht, nach dem Mord an der Lügenbrücke. Wir müssen denen was vorweisen."

„Gut. Sie hören von mir."

Bielfeld ging noch einmal zu den Kollegen aus Neumünster, sprach kurz mit der Spurensicherung, bevor er vom Unfall- oder Tatort zurück zur Lügenbrücke ging, sich in seinen Wagen setzte und davonfuhr.

Seine Gedanken kreisten um den offenen Strafvollzug.

3.

„Wenn ich meine Mitarbeiterinnen nicht so gut kennte, würde ich wetten, dass es jemand aus meiner Apotheke war. Zumindest als Komplize. Wie soll sonst jemand an die Opiate rankommen? Keine Spuren von Gewalt. Ein paar Kratzer am Giftschrank, doch die könnten auch schon vorher da gewesen sein. Aber ich bin nur Apotheker und nicht von der Polizei wie Sie. ,Profiarbeit', hat der Polizeisachverständige aus Kiel gesagt."

„Und sonst? Keinerlei Verdacht? Ist Ihre Tochter nicht mit einem aus dem offenen Vollzug befreundet?" Kohnke führte das Wort.

„Denen vom Jugendheim traue ich so etwas nicht zu. Nicht, dass ich sie für zu ungeschickt hielte. Das kann man nie wissen. Aber die drei Drogenabhängigen…"

„Ich weiß. Sie fahren regelmäßig in die Drogenpraxis nach Gaarden und bekommen dort ihr Methadon."

„Richtig. Und zu mir kommen sie nur, wenn der Hausarzt ihnen etwas gegen Grippe oder sonst einen Infekt verschrieben hat. Manchmal halten wir einen kleinen Klönschnack. Tom heißt einer von ihnen. Auf den hat meine Tochter ein Auge geworfen. Ein großer kräftiger Bursche. Sieht aus, als käme er direkt aus Palermo. Seinen Namen habe ich behalten, weil mein Vater früher auch Tom genannt wurde."

„Mona sollte mal ihre Ohren bei den Jugendlichen offenhalten. Schließlich ist sie Ihre Tochter."

„Ich werde es ihr sagen."

„Und es gibt wirklich nur zwei Schlüssel vom Tresor? Was für ein Fabrikat ist es denn? Kann man da Nachschlüssel machen?"

„Es gibt nur zwei Schlüssel. Außer mir und Frau Zubeck hat keiner einen. Und die lässt ihr Schlüsselbund bestimmt nirgendwo rumliegen. Sie ist ungeheuer gewissenhaft. Ruft lieber dreimal zu oft beim Arzt an, wenn sie den Verdacht hat, irgendetwas stimme nicht mit dem Rezept, oder wenn die Dosierung nicht eindeutig angegeben ist, ehe sie auch nur das geringste Risiko eingeht, etwas Falsches herauszugeben. Seit Jahren ist ihr meines Wissens nicht ein einziges Mal ein Fehler unterlaufen."

Erwartungsgemäß also nichts Neues im Fall des Apothekeneinbruchs. Frustriert stiegen Hansen und Kohnke in den Wagen und fuhren auf der alten B4 zum Haus des offenen Vollzuges. Das war am alten Zirkusgelände, der ehemaligen Residenz des ,Schwarzen Harry', entstanden. Eigentlich war das Friedbergs Aufgabe. Sie war die Jugendbeauftragte der Polizei in Bordesholm. Aber sie hatte angerufen, dass sie wegen eines tödlichen Unfalls alarmiert worden war und ihren Termin bei den jugendlichen Straftätern nicht wahrnehmen konnte. Ausfallen lassen wollte sie ihn jedoch auf keinen Fall. Aus Prinzip nicht.

Was sie genau dort sollten, wussten sie nicht. Aber da sie sich gerade mit dem Drogendiebstahl in der Apotheke beschäftigt hatten, beschlossen sie, alle Jugendlichen des Offenen Vollzuges, die sie antrafen, zu fragen, ob sie ihren Raum nach Drogen durchsuchen dürften.

„Guter Test, wer da was zu verbergen hat", meinte Kohnke.

Sein Kollege stimmte ihm zu:

„Kann sicher nicht schaden. Ich wüsste sowieso nicht, was wir sie sonst fragen sollten. Und so haben wir wenigstens einen Vorwand und pfuschen der Erika nicht ins Handwerk."

Sie hatten Glück. Die jungen Strafgefangenen murrten, fragten, was das soll, meinten, Friedberg hätte so etwas noch nie getan, aber fast alle hatten am Ende keine Einwände. Nur Tom weigerte sich. Gründe nannte er keine. Lehnte einfach ab:

„Was sollen diese dauernden Verdächtigungen? Ich hätte nichts zu befürchten, aber ich lasse mich nicht einfach kontrollieren, nur weil Sie es sich in den Kopf gesetzt haben. Ohne besonderen Anlass, geschweige denn Durchsuchungsbefehl. Haben Sie nichts Besseres zu tun? Verkehrskontrollen vielleicht? In der Heintzestraße ist neuerdings Tempo 30 vorgeschrieben. Die Leute fahren da alle zu schnell. Sammeln Sie doch ein paar Führerscheine ein. Das macht sicher viel mehr Spaß und füllt dem Staat noch dazu die leeren Kassen. Das hier ist nur meschugge."

Kohnke und Hansen ließen sich nicht durch seine Pöbeleien provozieren. Sie wussten, dass Tom eigenwillig war. Friedberg kam als einzige mit ihm zurecht.

„Ich hätte der Durchsuchung zustimmen sollen", sagte sich Tom hinterher. „Sie hätten die Flasche Havanna Club zwischen der Wäsche gefunden. Was soll's. Peanuts. Die suchen nach Drogen vom Apotheker. Als ob sich irgendeiner von uns für so was interessierte.

Natürlich, da gibt es zwei Typen, denen könnte man das zutrauen. Haben beide früher schon Einbrüche gemacht. Die haben gleich der Durchsuchung zugestimmt. Aber die sind auch nicht so doof, so etwas hier in Bordesholm zu machen, wo sofort die Polizei vor der Tür steht. Ich glaube sowieso nicht, dass es jemand von uns war. Wir sind eigentlich eine tolle Gruppe. Gut, wenn uns jemand zu nahe kommt, muss er sich in Acht nehmen. Vor einer Prügelei hat keiner von uns Angst. Andererseits tun die Bullen auch nur ihre Pflicht. Hätte ich vielleicht genauso gemacht. Vielleicht meinten sie es ja nur gut mit uns und wollten uns durch eine Durchsuchung Gelegenheit geben, zu zeigen, dass hier nichts zu finden ist.

Trotzdem, mich nervt, dass die Polizei uns immer wieder verdächtigt!
Typisch. Da spiele ich nicht mit. Die Friedberg, die ist ganz anders.
Ist schwer in Ordnung. Hat mir mal von ihren Lehrgängen erzählt.
Kommt ja öfter hierher. Besucht den einen und anderen und
erkundigt sich, wie es so geht. Fast wie ein Bewährungshelfer. Aber
unverbindlicher. Hat uns ja auch nichts zu sagen. Wenigstens, wenn
nichts anliegt."

4.
„Polizeistation Bordesholm, Friedberg."
„Bielfeld hier."
Seine Stimme klang verärgert. Und richtig, gleich donnerte er los:
„Es musste ja so kommen. Nun haben wir den Salat. Alles zu spät."
„Wovon reden Sie?", fragte die Kommissarin zurück.
„Vom Apothekeneinbruch. Sie waren mal wieder zu zögerlich, Frau
Kollegin. Jetzt ist der Fall ad acta gelegt. Sehr ärgerlich."
„Und das soll an mir liegen?"
„Ich meine schon. Aufräumen müsste man mit den Burschen, Tom
und wie sie alle heißen. Die lachen sich ja halb tot über Ihre naive
Vertrauensseligkeit."
„Über die Prinzipien unseres Rechtstaats meinen Sie wohl. Dazu
stehe ich. Und ich nehme an, Sie auch."
„Wollten Sie sagen, dass Sie das in Zweifel ziehen?"
„Im Gegenteil. Ich wollte sagen, was ich gesagt habe: dass ich
annehme, Sie stehen zu den Prinzipien unseres Rechtstaats ebenso
wie ich."
„Lassen Sie die Späße. Glauben Sie ernsthaft, das sind alles
Unschuldslämmer? Verurteilte Straftäter sind es. Nur eben – ich
hätte fast gesagt ‚leider' - im offenen Vollzug."
„Und deshalb sind es schlechte Menschen und begehen natürlich
immer weiter Straftaten? Wollten Sie das sagen? Für mich gilt auch
für sie zunächst einmal die Unschuldsvermutung. Auch wenn ich
persönlich einen Verdacht haben sollte."
„Wenn Sie den gleichen Verdacht hatten wie ich, warum haben Sie
sich dann nicht umgeschaut im diesem unseligen Haus?"

„Hausdurchsuchung ohne Durchsuchungsbefehl?"

„Man muss es ja nicht so nennen. Sie haben doch einen heißen Draht zu der Vollzugsbeauftragten und zur Hausverwaltung. Nicht nur zu den Zöglingen, denke ich."

„Wenn ich Sie recht verstanden habe, ist es jetzt ohnehin zu spät. Bei der nächsten Gelegenheit sollten wir vielleicht gemeinsam etwas unternehmen, wenn Sie es für notwendig halten und Sie es verantworten wollen."

„Das fände ich gut."

„OK. Warten wir ab. Aber ich hoffe, es liegt nicht so schnell wieder etwas an."

„Um ehrlich zu sein", fuhr er fort, und seine Stimme klang jetzt erheblich freundlicher, „ich hoffe auf das Gegenteil."

„War das ein Kompliment?"

„Sie merken auch alles!"

„Danke!"

„In diesem Sinne! Wir sehen uns ja ohnehin bald in der Wildhofangelegenheit."

Noch am gleichen Tag kam die Mitteilung aus Kiel:

„Die polizeilichen Ermittlungen der Dienststelle in Bordesholm im Falle des Apothekeneinbruchs und des versuchten Einbruchs im Altersheim werden eingestellt. Das Kieler Drogendezernat nimmt den Fall zu den Akten und behält ihn im Auge.

Der Anfangsverdacht eines Einbruchs durch jugendliche Strafgefangene im offenen Vollzug in Bordesholm konnte nicht erhärtet werden.

Konkrete Spuren werden zurzeit nicht mehr verfolgt, nachdem die Ermittlungen drei Monate lang ergebnislos verlaufen sind."

5.

Am Tag darauf wurde die Identität des Opfers gemeldet und die Todesursache: Das Mädchen war die Tochter des Apothekers Schuster. Vollgestopft mit Medikamenten und Alkohol ist sie ertrunken. Keine feststellbare Fremdeinwirkung außer Schrammen am Hinterkopf, die aber nach dem Tod, also vermutlich von den Kindern, verursacht worden waren, die sie entdeckt hatten.

Erika Friedberg hatte die leidige Routine zu erledigen: Information der Eltern. Ein schwerer Gang.

„Keine größeren Sachen ohne meine ausdrückliche Zustimmung", hatte Bielfeld angemahnt. Das bot ihr wenig Spielraum. Aber Friedberg ließ es zu, dass ihr die Eltern, nachdem sie ihren ersten Schock überwunden hatten, immer noch völlig aufgelöst und unter Tränen ihr Herz ausschütteten.

„Mord, sagen Sie?"

„Nicht unbedingt. Aber auch nicht ausgeschlossen."

„Ich wusste es", klagte schluchzend die Mutter, „das konnte nicht gut gehen. Nun sag doch mal was, Gerald. Die Polizei erfährt es sowieso irgendwie."

„Später. Später, Ute. Wir wollen ja nichts verheimlichen. Aber nicht jetzt. Wir müssen das alles erst einmal verdauen."

„Nein. Jetzt! Sonst versucht dieser Kerl, alles zu vertuschen, bevor die Polizei da ist. Oder er haut ab. Er soll uns nicht entwischen. Hoffentlich ist er nicht schon über alle Berge."

Der Vater schwieg. Versteinert saß er da. Offenbar nicht in der Lage zu reagieren.

„Vielleicht hat Ihr Mann Recht. Ich sollte Ihnen ein wenig Zeit lassen. Ich möchte Sie nicht bedrängen."

Friedberg stand auf und wandte sich zum Gehen. Sie war schon an der Tür, da überlegte sie es sich doch anders:

„Frau Schuster, ich hatte eben den Eindruck, dass Sie einen bestimmten Verdacht haben. Vielleicht geben Sie mir doch wenigstens ganz kurz ein Stichwort. Dann lasse ich Sie auch erst einmal in Ruhe."

„Stichwort, sagen Sie. Es sind gleich mindestens drei: Alkohol, Drogen und dieser Tom Berloni, Sie wissen, der aus dem Heim."

„Hör auf, Ute. Das sind doch alles nur Spekulationen."

Die Frau hörte es nicht oder wollte es nicht hören und fing an zu heulen. Kaum verständlich brachte sie hervor:

„Schwanger ist sie."

„Frau Friedberg, das sind wirklich alles nur Vermutungen meiner Frau. Wie Sie richtig sagten, Sie sollten uns ein wenig Zeit lassen.

Wenigstens bis morgen. Sicher möchten Sie dann unsere Aussagen protokollieren. Wir könnten zu Ihnen auf die Polizeiwache kommen. Würde es zwischen eins und drei passen? Da mache ich Mittagspause."

6.

Am nächsten Tag ist Erika Friedberg überrascht, den Apotheker ohne seine Ehefrau in die Polizeistation hinter dem neuen Rathaus kommen zu sehen.

„Sie kommen allein?"

„Meine Frau hatte noch zu tun, und da bin ich schon vorgegangen. Ich möchte pünktlich wieder in der Apotheke sein. Vielleicht ist es auch besser so. Meine Frau ist immer so...", er suchte nach einem passenden Ausdruck, der nicht diskriminierend wirken sollte, „sagen wir, emotional. Und in so einem schrecklichen Fall muss man doch einen klaren Kopf behalten, meine ich."

„Sie hatten Auseinandersetzungen, was die Mitteilungen betrifft, die Sie uns machen wollten?"

„So würde ich es nicht nennen wollen, aber, nun ja, wir sehen die Dinge halt unterschiedlich."

„Jedes Ding hat seine zwei Seiten, sagt man."

„Vielleicht nicht jedes, aber gut, sehen wir es mal so."

„Dann erst einmal zu Ihnen. Wollen Sie mir etwas zur Vorgeschichte des bedauerlichen Geschehnisses erzählen, oder ist es Ihnen lieber, wenn ich Fragen stelle?"

„Ich fange erst einmal an. Und wenn Sie dann noch Fragen haben, bitte sehr."

„Schießen Sie los."

„Also, wie soll ich anfangen. Bitte sagen Sie es, wenn alles zu ausführlich ist. Aber es fing eigentlich mit dem neuen Schuljahr an, also vor knapp einem Jahr. Mona musste die zehnte Klasse wiederholen. Wie das so ist bei Sitzenbleibern, am Anfang bringen sie in der neuen Klasse recht gute Noten mit nach Hause, aber nach einiger Zeit sackte sie wieder ab. Das sei häufig so, sagte uns ihr Klassenlehrer."

18

„Das klingt plausibel."

„Schon. Aber seit den Herbstferien ging es rapide bergab mit ihr. Zunächst schulisch. Hausaufgaben machte sie überhaupt nicht mehr. ‚Hatte ich doch alles schon' war ihre ständige Ausrede. Aber das war nicht das Schlimmste. Wir sahen sie kaum noch zu Hause. Immer mehr Stunden verbrachte sie im Jugendtreff – das behauptete sie wenigstens -, und wir glaubten ihr. Wenn sie mal zu Hause war, dann sprach sie kaum mit uns. Nein, sie war nicht pampig oder so. Einfach nur schweigsam. In dem Alter seien Mädchen nun mal ‚wenig mitteilsam' wie es mein Freund, Peter Kurzig ausdrückte. Der Psychologe. Sie kennen ihn sicher."

„Sie hatten demnach den Eindruck, Fachleute – Pädagogen und Psychologen verdienen wohl die Bezeichnung – nahmen die Probleme Ihrer Tochter und damit Ihre Probleme nicht recht ernst", schob Friedberg ein, als Zeichen, dass sie mitdachte, sozusagen.

„Genau so war es. Vermutlich haben sie ja auch recht, sagte ich mir. Damals fühlte ich mich durch diese Äußerungen sehr beruhigt. – Im Gegensatz zu meiner Frau übrigens."

„Die war durch ihre Beobachtungen alarmiert, wenn ich es recht verstehe."

„So ist es. Aber dann kam so um die Weihnachtszeit die Geschichte mit diesem Tom. Tom Berloni, um es genau zu sagen. Er ist Ihnen ja wohl bekannt. Sie verliebte sich in diesen Burschen. Daraufhin war es zunächst umgekehrt. Meine Frau fand nichts dabei. Im Gegenteil. Sie versuchte mich zu beruhigen: ‚In dem Alter verliebt man sich halt. Das ist doch ganz normal. Und dieser Tom – eigentlich heißt er ja sicher Tomasio – also wenn ich ehrlich sein soll, ich hätte mich auch sofort in ihn verliebt. So ein hübscher und charmanter Typ. Könnte geradezu aus Sizilien stammen', lobte sie den neuen häufigen Gast in unserem Hause. ‚Sei doch froh. Seit sie mit Tom befreundet ist, ist sie wenigstens wieder öfter zu Hause.' "

Schuster machte eine Pause.

„Ich bitte um Verzeihung", fuhr er dann fort, „aber ich schweife zu weit vom Thema ab. Erzähle ja mehr aus unserer Ehe als von unserer Tochter. Um es kurz zu machen: Mona fing an zu trinken und zu rauchen. Nicht direkt exzessiv, aber immerhin. In ihr Zimmer mochte man nicht mehr hineingehen, so verräuchert war es – und so unordentlich. Aber als Vater muss man ja nicht unbedingt das

Zimmer seiner beinahe volljährigen Tochter kontrollieren. Nun bin ich ja kein Arzt, noch weniger Spezialist für Drogenabhängigkeit. Aber bisweilen hatte ich den Eindruck, als ob der neuerdings in ihr Repertoire gehörende süßliche Duft nach Räucherstäbchen bisweilen ihre Pupillen geweitet hätte... – Sie verstehen, was ich meine."

„Drogen, meinen Sie?"

„Da bin ich ziemlich sicher. Doch sie stritt es ab. Genauer, sie antwortete nicht, wenn ich sie zur Rede stellte."

„Wer gäbe so etwas schon zu?"

„Klar. Aber lassen Sie mich zum Ende kommen. Es mag vielleicht drei Wochen her sein, da hat es einen Streit zwischen Tom und Mona gegeben. Seitdem kam er nicht mehr. Danach trank sie noch häufiger, schwänzte die Schule und – ich bin mir ziemlich sicher – war fast täglich bekifft. Kurz, sie war völlig durch den Wind, hatte jeden Halt verloren."

„Hat sie ihn hinausgeworfen oder hat er ihr den Laufpass gegeben?"

„Nein, ich glaube nicht, dass sie ihn hinausgeworfen hat. Vielleicht hat sie ihm Vorwürfe gemacht. Das kommt ja mal vor. Aber sie wollte sich bestimmt nicht von ihm trennen. Sein Bild steht übrigens immer noch auf dem kleinen Tischchen neben ihrem Bett. Und sie trug bis zuletzt den Freundschaftsring, den er ihr geschenkt hat."

„Riecht dann wohl mehr nach verschmähter Liebe."

„Das sehe ich ebenso."

„Haben Sie nie mit ihr über ihre Probleme gesprochen?"

„Es war nicht möglich. Zuletzt hat sie sich ab und an zu mir gesetzt, wenn meine Frau abends mit ihren Freundinnen verabredet war. Wir haben wieder zusammen ferngesehen. In den Arm nehmen durfte ich sie. Aber sie redete nicht über sich. ‚Fang nicht an wie Mama. Lass mich bitte!', wehrte sie ab, wenn ich ihr Fragen stellte. Ich ließ sie. Hoffte, es werde sich von allein geben. Ahnte ja nicht, wie es enden würde."

„Selbstmord meinen Sie?"

„Ich fürchte, ja."

„Und Tom?"

„Hat nichts damit zu tun."

„Sie meinen, es besteht kein Tatverdacht."

„So war es gemeint. Natürlich hat diese ganze unglückliche Beziehung sie letztlich umgebracht. Unter Mord versteht man aber ja etwas anderes. Seelenqualen spielen - wie so oft - keine Rolle. Zumindest nicht bei der Strafverfolgung."

„Bei der Aufklärung eines Verbrechens schon. Da sind uns die psychischen Umstände außerordentlich wichtig. Deshalb bin ich Ihnen für Ihre Aussagen auch sehr dankbar. Als direkter Straftatbestand dagegen, da gebe ich Ihnen Recht, spielen sie in der juristischen Praxis kaum eine Rolle. Leider, könnte man sagen. Aber wie sollten psychische Verhaltensweisen gerecht bestraft werden? Wie sollte ein Katalog für das Strafmaß gesetzlich festgelegt werden? Nehmen Sie das Eherecht. Da gibt es so viele Fälle, in denen die Schuld eindeutig ganz bei einem der Ehepartner liegt. Aber die Rechtsprechung ignoriert es. ‚Schuldig geschieden', das gab es einmal. Aus, vorbei. Es regiert der Kapitalismus. Düsseldorfer Tabelle... - Verzeihen Sie, nun schweife ich ab."

Friedberg dachte an die schreckliche Zeit, als ihre Eltern auseinander gingen. Ihre Stimme klang bitter.

7.

Frau Schuster kam zu Friedberg, kaum dass ihr Mann gegangen war. Die Entwicklung der letzten Monate schilderte sie, was die Tatbestände anging, ebenso wie vorher ihr Mann. Allerdings bewertete sie das Verhalten ihrer Tochter anders, und sie zog vollkommen andere Schlüsse daraus.

Für sie stand fest, dass Tom ihre Tochter verführt, süchtig gemacht, geschwängert, nach einem Zerwürfnis psychisch gequält, sie schließlich unter Drogen gesetzt und umgebracht hatte.

Wut und Verzweiflung lagen in ihren anklagenden Worten, die sie, mit Tränen in den Augen, durch Schluchzen ebenso oft wie durch beleidigende Beschimpfungen unterbrochen, vortrug.

„Und mein Mann? Was hat der Ihnen erzählt?", fragte sie am Ende.

„Darüber möchte ich nicht reden", wehrte Friedberg knapp und entschlossen ab.

„Hätte mich interessiert, ob er diesen kriminellen Weiberhelden auch noch in Schutz genommen hat."

„Frau Schuster", beendete Erika Friedberg das Gespräch, „ich verstehe Ihre Verzweiflung und bin, Ihr Einverständnis voraussetzend, bereit, Ihre letzte diffamierende Äußerung ebenso wie ein paar andere Ausdrücke, die Sie spontan verwendet haben, aus dem Protokoll zu streichen, die sonst für Sie rechtliche Konsequenzen nach sich ziehen könnten. Kollege Baumgart legt Ihnen das Protokoll alsdann vor, damit Sie es unterschreiben können. Da ich im Augenblick keine Fragen mehr an Sie habe, bitte ich Sie, mich jetzt zu entschuldigen. Ich habe noch einen weiteren dringenden Termin."

8.

Gleich darauf machte sich Erika Friedberg, wie sie es Bielfeld versprochen hatte, auf den Weg zum Heim der straffälligen Jugendlichen.

Sie traf auf einen vollkommen verstörten Tom Berloni.

„Muss das sein? Ich mag Ihre Besuche. Das wissen Sie ja. Aber heute verschonen Sie mich bitte. Es ist alles noch so frisch."

„OK. Ich mache meine kleine Runde im Haus. Dann schau ich am Ende noch mal rein."

Die Stimmung war miserabel. Alle hatten von dem Todesfall gehört. Alle wussten, dass mal wieder ganz Bordesholm auf ihr Heim schaute, dass nicht wenige die kleine Gemeinschaft der Jugendlichen im offenen Vollzug hassten und sie auch jetzt wieder verdächtigt wurden.

Ihr Besuch war dieses Mal schwierig. Bevor sie noch einmal zu Tom ging, folgte sie den Stimmen, die sie von unten aus dem kleinen Fitnessraum im Keller hörte, und sie stieg die Treppe in den Keller hinab.

Dort traf sie zu ihrer Überraschung auf drei der Heimbewohner, die untätig neben den Sportgeräten auf dem Boden hockten. Ihre Unterhaltung verstummte zunächst, als die Polizistin eintrat. Aber ihr

Gruß wurde von einem der Jungs zum Erstaunen von Friedberg freundlich mit den Worten erwidert:

„Schön, dass Sie kommen. Wir wissen nicht, was wir tun sollen. Trauen uns schon kaum mehr in den Ort. Ronald war eben bei Lidl zum Einkaufen. Es war schrecklich."

Zu Ronald gewandt, forderte er ihn auf:

„Erzähl am besten selbst."

„Ich möchte nicht", lehnte dieser ab.

„Nicht nötig. Kann mir schon vorstellen, wie es war. Ich merke es ja selbst an den Fragen und den Gesichtern, wenn ich durch den Ort gehe."

„Aber es ist schlimmer denn je. Waren Sie schon bei Tom?"

„Er wollte nicht reden."

„Mit uns auch nicht. Das hat es noch nie gegeben. Was sollen wir tun?"

„Habt Ihr schon Ideen? Ihr habt doch gerade beraten, wenn ich das richtig sehe."

„Schon. Am liebsten brächten wir Blumen oder Lichter an die Lügenbrücke, Mona kennen wir doch alle. War doch Toms Freundin."

„Und, was spricht dagegen?"

„Wenn uns Leute begegnen, werden wir angepöbelt. All die Gaffer, die genau wissen wollen, was passiert ist, und längst davon überzeugt sind, dass es Tom gewesen ist. Es würde zu Prügeleien kommen. Und wer hätte natürlich angefangen?"

„Wir haben auch schon überlegt", fuhr Jonas fort, der wegen Tätlichkeiten bei einer verbotenen Demo verurteilt worden war, „ob wir einen Schweigemarsch zu dem Haus machen sollen, in dem sie gelebt hat. Mit einem Spruchband, etwa ‚Mona, du fehlst uns' oder so. Als Sie kamen, haben wir gerade über einen möglichen Text gesprochen."

„Vielleicht würden sich ja auch andere anschließen. Leute vom Jugendtreff. Wäre doch toll, wenn wir mit denen zusammen gingen. Können Sie nicht mal mit Jörg sprechen?"

„Das solltet ihr selbst machen. Oder einer von Euren Betreuern. Ist ja Eure Initiative. Wäre nicht gut, wenn es so aussieht, als wäre es meine Idee. Zunächst vielleicht erst mal vorsichtig telefonisch anfragen. Dann wisst Ihr sicher schnell, woran Ihr seid."

„Könnten wir eigentlich Polizeischutz bekommen, wenn wir den Zug offiziell ankündigen?"

„Da ließe sich drüber reden. Vielleicht würde es ja schon genügen, wenn Bielfeld und ich mitgingen. Nicht als Marschteilnehmer. Als Polizei. Handgreiflichkeiten könnte man dann wohl ausschließen."

„Und Tom vorweg oder lieber gar nicht dabei?"

„Das könnte als Provokation aufgefasst werden. Zumindest von der Mutter. Schließlich hatte Tom ihre Tochter doch verlassen, soviel ich weiß."

„Oder sie ihn, das wissen wir alle nicht so genau."

Der Marsch wurde für den nächsten Tag festgesetzt. Nachmittags. Ohne Tom. Der wollte ohnehin nicht mitmachen.

9.

Unbürokratisch und schnell hatte das Ordnungsamt die Genehmigung des Trauermarsches erteilt. Den Vorschriften genügend, mit Marschroute, Regelung der Verantwortlichkeiten und einer Gebührenfestsetzung. Die Teilnehmer sollten sich auf dem Parkplatz der Volksbank treffen und dann durch die Bahnhofstraße in die Mühlenstraße zum neuen Rathausplatz geführt werden. In Absprache mit der Polizei war ein kurzer Marschweg gewählt worden, um Störungsmöglichkeiten gering zu halten. Der Trauermarsch war für Montag, 16.30 Uhr, festgesetzt. Auf dem Rathausplatz unter dem Wappenbaum neben dem Restaurant „Makkarita" sollte ein stilles Gedenken stattfinden.

Erika Friedberg war es gelungen, ihren Kollegen Bielfeld davon zu überzeugen, dass es gut wäre, wenn sie beide den Zug begleiteten. So nach dem Prinzip „guter Bulle – böser Bulle" würde auch der böse Bulle demonstrieren, dass er unparteiisch ist. Und so gingen beide – Friedberg in ihrer schwarzen Uniform und Bielfeld in gedecktem Anzug – einige Meter vor dem Demonstrationszug her. Auf dem Transparent, das quer über die Straße reichte, stand in großen Lettern: MONA – WARUM? Jemand hatte weiße Luftballons besorgt, sie schwebten über dem Zug. Obwohl nicht als Schweigemarsch angemeldet, sagte niemand einen Ton. Fast lautlos bewegte sich die kleine Gruppe – es waren nur etwa zwanzig Menschen gekommen – am Kreisel vorbei in die Einkaufsstraße. Aus der Sparkasse kam ein älterer Herr und blieb erstaunt stehen. Von seinem erhöhten Standort auf den Stufen der Sparkasse überblickte er den Zug und stieß dann in hoher Fistelstimme aus:

„Heuchler. Gesindel. Hinter feste Mauern gehört ihr!"

Dann ging er kopfschüttelnd zum Behindertenparkplatz gleich gegenüber dem Eingang der Bordesholmer Sparkasse, verschwand in seinem Mercedes und bog nach dem Zug über den Kreisel Richtung Kiel ab. Aber er kam nicht weit. Ein zweiter Demonstrationszug beanspruchte die ganze breite Bahnhofstraße. Schwarz gekleidet, ohne Transparente, stampften sie entschlossen einem jungen Mann hinterher, der einige Schritte voran ging. Der Mercedesfahrer lenkte seinen Wagen auf den breiten Bürgersteig vor der Klaus-Groth-Apotheke. Bereits einige Fahrer hatten ihre Autos dort geparkt, um den grimmigen Zug vorbei zu lassen.

„Na, was das wohl wird?", fragte sich der Mercedesfahrer und wählte eine Nummer. Während er anfuhr hörte er über die Freisprechanlage, wie sich eine Frau meldete:

„Hier Kieler Nachrichten. Lokalredaktion. Guten Tag, was…"

„Entschuldigen Sie, dass ich Sie unterbreche. Es ist eilig. Sagen Sie bitte Ihrem Redakteur, dass sich in Bordesholm etwas tut. Zwei Trauerzüge. Für Mona Schuster. Gewalt nicht ausgeschlossen. Fußgängerzone Richtung Rathaus…"

„Entschuldigen Sie, jetzt muss ich Sie aber unterbrechen. Sagen Sie mir bitte Ihren Namen?"

Der Anrufer brach das Gespräch ab.

Auf dem Rathausplatz hatten Jugendliche vorsorglich ein kleines Holzgerüst aufgebaut. Hier legten die jungen Leute Blumen nieder, einige zündeten Kerzen an und stellten sie in Herzform auf den gelb gepflasterten Boden. Dann war es still. Im Halbkreis um die improvisierte Gedenkstätte herum standen hartgesottene Jugendliche, Tränen in den Augen, einige schluchzten. Jemand begann, und viele fielen ein:

„Vater unser, der Du bist im Himmel…"

Auch Tom kämpfte mit den Tränen. Er saß im Restaurant „Makkarita" und beobachtete durch die gebogenen Scheiben des Rauchersalons die Szene. Er wollte nicht mit dem Trauermarsch gehen, um nicht zu provozieren, aber aus der sicheren Umgebung des Lokals wollte er gerne dabei sein. Makkarita, die Wirtin, hatte sofort zugestimmt, als er ihr sein Anliegen vortrug. Aus den Augenwinkeln sah er, was den Betenden zunächst noch verborgen blieb: Ein zweiter Zug bog aus der Mühlenstraße auf den Rathausplatz ein, und sofort erkannte er Jörg, der an der Spitze ging.

„Makkarita, Makkarita, schnell, rufen Sie die Polizei. Das gibt Zoff!"

Jörg hatte die Gruppe als erster erreicht. Wie abgesprochen sprangen ihm zwei, drei Jugendliche bei, als er sich des Transparentes bemächtigen wollte, das neben dem Wappenbaum in die Luft gehalten wurde.

„Euch gehört Mona nicht. Und auch nicht die Trauer um sie!" rief Jörg und griff nach dem Besenstiel, an dem das Schriftband befestigt war. Ein Handgemenge war die Folge, ein lautloses Gerangel um das Transparent. Umso lauter schrillten die Martinshörner der beiden Polizeiwagen, die schnell aus dem um die Ecke liegenden Polizeirevier herbeigeeilt waren. Nun war es für die vier Polizeibeamten mit Unterstützung von Friedberg und Bielfeld einfach, die Gruppen zu trennen und ein Platzverbot auszusprechen. Erst musste Jörg mit seinen Leuten abziehen, dann die Teilnehmer des offiziellen Trauerzuges in die andere Richtung zum Moorweg hin.

Tom war entsetzt. Jörg hatte er anders eingeschätzt, zwar als Rivalen, aber als fairen und offenen Gegenspieler. Gut, dass ihn niemand gesehen hatte.

Bielfeld hielt Erika Friedberg die Tür auf und ließ seine Kollegin voran in das Lokal gehen. Da hatte Erika Friedberg ihn bereits entdeckt.

„Hallo Tom. Schön, dass du hier bist. Dann hast du ja alles mitgekriegt. Buon giorno, Makkarita, wir brauchen auf den Schreck einen Schluck. Tom, dürfen wir dich einladen?"

Still setzte sich Tom zu den beiden Polizisten an den großen Tisch, der direkt vor der offenen Küche steht. Missbilligend schaute Bielfeld auf den unerwarteten Gast.

In großen Töpfen dampften die mediterranen Spezialitäten. Makkarita nimmt sich Zeit für die Vorbereitung ihrer Speisen. Heute Abend wird es Ossobuco geben. Die Beinscheiben schmoren gemeinsam mit geheimen Zutaten in einem hohen Terracottatopf auf kleiner Gasflamme vor sich hin.

„Wie das riecht. Ich bekomme Appetit. Aber das Essen ist wohl noch nicht fertig. Ich lade euch zu einem Glas Wein und einem Teller Antipasti ein. Die hat Makkarita immer. Dort auf dem Tisch." Bielfelds Verärgerung über Toms Gesellschaft war angesichts der verheißungsvollen Düfte verflogen. Er hatte sich wieder gefangen und strahlte übers ganze Gesicht bei seinem Vorschlag.

„Den Antipastiteller stellt Frau Friedberg uns sicher zusammen."

Makkarita, die gelernte Goldschmiedin, hat dem alten Labor der Rix Brot Fabrik italienisches Flair eingehaucht. Lange hat sie in die Töpfe Italiens geschaut, jetzt ist es ihre Leidenschaft, die Genüsse in dem fein restaurierten Gebäude am Rande des Marktplatzes den Norddeutschen zu präsentieren. Und wie ihr das gelingt!

Die Wirtin brachte den Wein.

„Alla Salute!"

Dann riefen sie wieder ihre Töpfe zurück an den großen offenen Herd.

Still hob Bielfeld das Glas, und still nippten die drei an dem Wein. Bielfeld wagte sich als erster an die Antipasti von Gemüse heran, die heute kleine Hackbällchen krönten und vorzüglich schmeckten. Dennoch redete zunächst niemand. Erst als Bielfelds Appetit ein wenig gestillt war, begann er:

„Erschreckend, diese Feindschaft. Und das sogar angesichts des Todes!"

Tom konnte nicht an sich halten:

„Sie, gerade Sie müssen das sagen. Dabei stecken Sie doch bis über beide Ohren voller Vorurteile gegen uns!"

Bielfeld wollte auffahren, aber Erika Friedberg griff ein: „Aber Jungs, doch nicht heute. Das sollten wir in Ruhe besprechen. Und dazu brauchen wir ein Menü, nicht nur Antipasti. Zum Beispiel das hier:" Sie blickte auf die Tafel an der Wand: „Antipasti, Käse in Tomatensauce, dann Dorade in Kapern, Weißweinsud mit Rosmarinkartoffeln, und zum Nachtisch Apfel-Ricotta-Torte mit Vanilleschaum. Bei solch einem Schmaus werden alle Probleme ganz klein."

„Mag sein", sagte Tom und trank sein Glas in einem Zug leer. „Darf ich Sie noch einen Moment alleine sprechen, Frau Friedberg?"

Beide gingen an die Tür.

„Ich würde gerne mit Ihnen zum Mühbrooker Meer fahren und Ihnen etwas zeigen. Allein möchte ich nicht. Sie verstehen sicher: Wenn man mich so nahe bei der Lügenbrücke sieht... - Tun Sie mir den Gefallen?"

„Gern. Aber..." Tom wandte sich ab und verließ grußlos das Lokal.

Als sich Erika Friedberg wieder zu Bielfeld gesetzt hatte, sagte dieser:

„Gar keine so schlechte Idee, dieses Menü. Die Antipasti haben wir ja schon. Frau Wirtin, dürfen wir nun auch den Rest haben?"

„Un momento, per favore. Schon in Arbeit, Signorina e Signore. Wird aber etwas dauern. Ein Gläschen Wein inzwischen ...?"

10.

Tom und Friedberg fuhren zu dem malerischen kleinen privaten Angelsee zwischen Einfelder- und Bordesholmer See, der kurioserweise Mühbrooker Meer genannt wird. Tom führte die Polizistin bis an eine von gelben Lilien bestandene Bucht am Ende des kleinen Gewässers. Dort bog er nur wenige Meter von dem schmalen Uferweg ab, und sie standen auf einem von uralten Kopfweiden und daneben wuchernden Büschen verborgenen Wiesenfleckchen.

Hier, so berichtete Tom, hatte er sich früher heimlich mit Mona getroffen. Niemand konnte sie sehen, und selbst von dem schmalen Pfad der Angler aus war dieses stille Plätzchen nicht einsehbar.

Tom bog die Äste des Weidengesträuchs auseinander und stand vor dem hohlen Stamm einer Kopfweide – ihr Briefkasten für Liebesbriefe, kleine Geschenke, oder auch manchmal ein „Fläschlein".

Er zeigte auf den hohlen Stamm: „Unser Geheimversteck."

Friedberg ging mit ihm zu dem ausgehöhlten Baum.

„Darf ich?", fragte sie und machte Anstalten, hinein zu greifen.

„Bitte nicht. Außer Mona und mir hat da niemand etwas zu suchen, verstehen Sie."

Abwehrend stellte sich Tom schützend vor den Stamm.

„Klar. Kann ich verstehen."

„Entschuldigen Sie. Ich glaube, es war ein Fehler. Ich hätte unser Versteck nicht verraten dürfen. Aber ich musste einfach hierher. Doch allein, das war mir zu gefährlich."

Friedberg wartete einen Moment.

„Vergessen Sie für einen Augenblick, dass ich Polizistin bin. Sehen Sie in mir nur einfach die Erika Friedberg, eine gute Bekannte aus Bordesholm, eigentlich sogar eine Freundin – wenn sie nicht gerade als Polizistin im Dienst ist. Ich bin nicht mit Ihnen gekommen, um zu ermitteln, sondern um Ihnen zu helfen. Das hatten Sie doch so gewollt."

„Trotzdem."

„Lassen Sie mich weiter reden. Wenn Sie wollen, lasse ich Sie jetzt allein hier, und die Polizistin in mir weiß nichts von dieser Stelle. Aber bevor ich gehe, bitte ich Sie - entschuldigen Sie - bitte ich Sie in Freundschaft: Schauen Sie nach, ob eine Botschaft für Sie da ist."

Er überlegte.

„Sie wissen, warum", fügte sie hinzu. „Wenn es Selbstmord war…"

„Deshalb wollte ich doch hier her."

„Aber wenn Sie etwas finden, eigentlich wäre es dann besser, Sie hätten einen Zeugen."

Tom dachte nach.

„Die Polizistin oder Erika Friedberg?"

„Das dürfen Sie beim Rückweg selbst entscheiden."

Tom konnte sich nicht entschließen, unter den gespannten Augen einer Zeugin in den Stamm hinein zu langen, an dem für ihn so viele Erinnerungen hingen.

Friedberg wendete sich ab.

„Nein, bleiben Sie. Ich glaube Sie haben Recht."

Kurzentschlossen griff er in den geheimen Hohlraum und zog ein Papier hervor. Stockend las er die vertraute Handschrift:

‚Wenn du mich jemals wirklich geliebt hast und mich vielleicht noch immer ein wenig liebst, dann wirst du hierher kommen und nach dem suchen, was du auf der anderen Seite findest. Du bist der Einzige, dem ich mich anvertrauen möchte. Ich liebe dich! Mona.‘

11.

Es hatte große Empörung bei den Eltern der Sud-Piraten-Gruppe gegeben. Einige Kindergartenkinder waren verstört nach Hause gekommen und hatten ihren Müttern schluchzend von der Leiche berichtet. Danach konnte sich Doris vor Anrufen kaum mehr retten. Neugierige Bürger und Reporter riefen ebenso an wie empörte Mütter, die Doris vorwarfen, sie hätte ihren Schutzbefohlenen den Anblick der Toten ersparen und sie vom Fundort fernhalten müssen. Es gab Beschwerdebriefe und die Androhung, man werde die Kinder abmelden, so lange Doris die Aufsicht im Wald ausübe. Besonders kritisiert wurde, wie die Presse von dem Ereignis berichtet hatte. Es war eine Reportage mit Bildern der drei Jungs veröffentlicht worden, die die Tote gefunden hatten und die sich angeblich als die Helden des Tages fühlten.

Sofort wurde von der Waldkindergruppenelternbeiratsvorsitzenden, Frau Zumbach-Görensen, eine Elternversammlung anberaumt. Neben Doris, einem Kollegen und zwei Kolleginnen der Kindergruppe war eine Kinderpsychologin der Universität Kiel eingeladen. Außerdem hatten sich der Leiter der Kieler Mordkommission und der Bürgermeister von Bordesholm angemeldet.

Die Zusammenkunft sollte im Bürgerhaus am Wildhof in einem der Gruppenräume der anderen Kindergruppen stattfinden. Wegen des unerwartet starken Andranges hatte man in einen größeren Raum ausweichen müssen. Auf den unvermeidlichen Stuhlkreis aus kleinen Kinderstühlchen hatte man aber nicht verzichten wollen. Es war für Eltern, insbesondere für die Väter, bekanntermaßen unbequem. Aber diese Form von Disziplinierungsmaßnahme schien der Psychologin unverzichtbar, und so hatte man wegen der großen Zahl von Besuchern einen doppelten Stuhlkreis in zwei konzentrischen Kreisen aufgebaut.

Die Sitzung wurde satzungsgemäß von Frau Zumbach-Görensen geleitet, die die Anwesenden mit den folgenden Worten begrüßte:

„Liebe Elternkolleginnen und -kollegen, leider musste es erst zu einem Kriminalfall kommen, bis wir uns endlich einmal so vollzählig hier zusammenfinden konnten. Ich begrüße Sie dennoch herzlich und stelle Ihnen zunächst einmal unsere Gäste vor: Ich freue mich, dass meine Freundin, Frau Dr. habil. Hildegard Zötel, Psychologin an

der Universität Kiel, und Frau Erika Friedberg, Jugendbeauftragte der Bordesholmer Polizei, die sicherlich einige von Ihnen bereits kennen, unserer Einladung gefolgt sind, und dass Herr Hauptkommissar Wilhelm Bielfeld, der Leiter der Kieler Mordkommission des uns beschäftigenden Falles, und, last not least, unser verehrter Bürgermeister, Herr Schulze, sich die Zeit genommen haben, heute bei uns zu sein. Die Kindergärtnerinnen – Entschuldigung: Erzieherinnen - und ihren männlichen Kollegen von unserer Kindergruppe kennen Sie ja sicherlich: Ellen, Inga und Thomas. Ich nenne sie mit ihren Vornamen, da diese uns Eltern aus den Erzählungen der Kinder vermutlich geläufiger sind als die Nachnamen. Für diejenigen, die mich nicht kennen: Ich bin Monika Zumbach-Görensen, Vorsitzende des Kindergruppenelternbeirats und Mutter des kleinen Torge, eines der drei Jungen, die die Tote entdeckt haben."
Sie machte eine kleine Pause, bevor sie zur Sache kam.
„Meine Damen und Herren – ja, heute sogar sehr zahlreicher Herren Väter, die sich die Mühe gemacht haben, auch einmal dabei zu sein – hier neben mir sehen Sie einen Aktenordner, der sich wahrhaftig als notwendig erwiesen hat, um all das aufzunehmen, was an Schriftstücken über den Todesfund unserer Kinder inzwischen angefallen ist. Allein die arme Doris ist mit achtundzwanzig - ja, Sie haben richtig verstanden, achtundzwanzig - Zuschriften von Eltern, Journalisten, Bürgern und Gemeindevertretern bombardiert worden - ganz zu schweigen von den unzähligen Telefonaten. Sie hat mir die Briefe freundlicherweise alle zur Verfügung gestellt, damit ich mir ein Bild von der Situation machen kann. Am liebsten hätte ich sie Ihnen vorgelesen, aber das würde zu weit führen. Am besten, sie berichtet Ihnen selbst."
Damit wies sie auf die neben ihr sitzende junge Erzieherin, die aufstand, sich verlegen räusperte und dann mit leiser, kindlicher Stimme begann:
„Frau Zumbach-Görensen hat zusammen mit mir einmal das Wichtigste zusammengefasst, was in diesen Tagen alles auf mich eingestürmt ist, und mich gebeten, Ihnen darüber zu berichten."
Sie nahm ein Blatt Papier zur Hand und begann:
„Es sind vier verschiedene Anliegen und Vorwürfe, mit denen ich konfrontiert worden bin:

1. Fragen nach dem Hergang der Entdeckung der Toten
2. Fragen nach der Wirkung der Entdeckung auf die Kinder
3. Vorwürfe, dass ich zu langsam reagiert habe und die Kinder nicht energisch genug vom Fundort ferngehalten habe
4. Vorwürfe, ich hätte der Presse zu viel erzählt."

Sie machte eine Pause. Als die Anwesenden keine Reaktion zeigten, fing sie zunächst an, auf die Vorwürfe einzugehen.

„Was meine Beaufsichtigung der Kinder angeht, möchte ich folgendes sagen: Es ging alles furchtbar schnell. Ich hatte keine Zeit zum Nachdenken, da waren die meisten der Kinder auch schon neugierig dem kleinen Torge gefolgt, der die Sache wie eine spannende Sensationsbotschaft heraus posaunt hatte und sofort wieder mit seinen beiden Detektivkollegen – denn so fühlten sie sich offenbar - zurück zu der Toten im Wassergraben rannte. Offenbar hatten die Kleinen ebenso wenig begriffen wie ich, dass es sich nicht um eines der üblichen Piratenspiele, sondern wirklich um einen grausigen Fund handelt. Nur wenige zögerten. Ein paar Mädchen drängten sich an mich, schauten mich ängstlich an. ‚Stimmt das?‘, fragte Sarah und so etwas wie ‚Ich mag so was nicht‘, sagte ihre Freundin Anja und hielt mich fest an der Hand. Als ich sie beruhigt hatte und selbst zur Fundstelle kam, war es in der Tat zu spät, die Kinder von dem Anblick der Toten zu bewahren."

Sie verstummte für einen Augenblick. Dann beendete sie mühsam ihre Schilderung:

„Natürlich schickte ich sie dann weg. Aber es war nun mal geschehen. Tut mir leid."

Sie setzte sich, sichtlich angegriffen, auf ihren Kinderstuhl.

„Also Doris", meldete sich Schulze zu Wort, „ich glaube, ich spreche im Sinne aller hier, wenn ich sage, wir machen Ihnen keinen Vorwurf."

Er hatte gerade einen Rhetorikkurs absolviert und faltete die Hände vor dem Bauch. Das sollte Ruhe und Gelassenheit ausstrahlen. Aber vor den aufgebrachten Eltern war er nervös. Er presste die Finger ineinander, sodass die Knöchel weiß wurden. Dann löste er die Hände voneinander, hob sie, die Handflächen nach innen, in die Höhe und senkte schließlich theatralisch die Rechte, um mit ihr im Kreis auf die Anwesenden zu zeigen:

„Wer von uns hätte denn anders reagiert? Ich glaube das war völlig normal so. Zumal, da doch, wie ich gehört habe, gerade in der Gruppe der Sud-Piraten den Kindern bewusst viel Freiraum für wilde Spiele und Entdeckungen gegeben wird. Deshalb schicken die Eltern ihre Kinder doch in diese und keine andere Gruppe."

Zustimmende Bemerkungen begleiteten die Worte des Bürgermeisters. Aber ein Vater beharrte:

„Das mag ja alles so sein. Aber wie kommt es, dass die Presse sofort alles wusste, Bilder machen durfte und sogar die Kinder mit Erzählungen von dem Ereignis zitierte?"

Doris blieb sitzen, als sie hilflos antwortete:

„Das weiß ich alles nicht. Irgendwie waren gleich lauter Leute da. Alle redeten durcheinander. Ich hab mich vor allem darum gekümmert, dass die Kinder von meinen beiden Kollegen weggeführt wurden. Ob sie mit den neugierigen Gaffern gesprochen haben und ob da zufällig jemand von der Presse dabei gewesen ist, kann ich nicht sagen. Ich selbst bin am Fundort geblieben. Ich musste auf die Polizei warten, da ich sie ja schließlich angerufen hatte. Als dann die Polizei kam, habe ich erzählt, was gewesen war. Ob das jemand anderes hat mithören können, weiß ich nicht."

Da stand Bielfeld auf.

„Wir von der Mordkommission sind ja ständig von Neugierigen und von der Presse belagert. Und selbst wenn wir nichts herausrücken, irgendetwas finden die immer und bauschen es auf. Wer sagt denn, ob da nicht einer – oder eine - von denen sich mit einem Lolli in der Hand an eines der Kinder herangemacht hat, um es auszufragen – oder frech weg bei Eltern angerufen hat, um zu erfahren, was gewesen ist? Ein Klacks, Eltern herauszufinden, deren Kinder zu der Gruppe gehören. Ist schließlich kein Geheimnis. Wissen doch viele in Bordesholm. Es wurde bereits öfter über die Gruppe berichtet, sogar damals schon, als sie eingerichtet wurde."

Bielfeld machte eine Pause und blickte sich in der Runde um.

„Ich will hier niemandem zu nahe treten, aber auch Eltern können sehr schwatzhaft sein. Die Sache ist Dorfgespräch. Und wenn man dann etwas weiß, hält kaum einer den Mund. Und dann geht es los mit ‚stiller Post', Sie wissen ja."

Wieder schaute er sich um und genoss es, dass alle ihm gespannt zuhörten. Dann fiel sein Blick auf die hübsche Kindergärtnerin – er benutzte immer noch lieber diese gute alte Berufsbezeichnung -, die traurig mit gesenktem Blick dasaß und mit den Tränen zu kämpfen schien, und er hob ritterlich erneut die Stimme:

„Kurzum, in diesem Punkt der in einer solchen Situation ohnehin naturgemäß überforderten, bedauernswerten Betreuerin Vorwürfe zu machen, ist nicht fair."

Wieder beifälliges Gemurmel. Bielfeld lächelte, so charmant er konnte, der Erzieherin zu, und zufrieden und selbstgefällig setzte sich der Hauptkommisssar auf sein unstandesgemäß winziges Kinderstühlchen.

Es entstand eine Pause.

Dann ergriff Frau Zumbach-Görensen noch einmal das Wort.

„Ich schließe mich vollkommen Ihren Worten an", begann sie, zu Bielfeld gewandt, „und ich glaube, diesen Punkt müssen wir nicht weiter vertiefen. - Aber da uns die schwierige Situation, in die unsere Kinder geraten sind, wohl alle ein wenig ratlos macht, meine ich, wir sollten die Gelegenheit nutzen und Frau Dr. Hildegard Zötel um Rat fragen, wie wir dieses sicherlich für viele traumatische Erlebnis gemeinsam mit unseren Kindern aufarbeiten können. Schließlich ist ihre Fachkompetenz als Kinderpsychologin weit über die Kieler Universität hinaus und sogar international anerkannt."

Sie nickte aufmunternd ihrer Freundin zu.

„Würdest Du uns jetzt bitte etwas dazu sagen und uns vielleicht ein paar Tipps geben, wie wir uns verhalten sollen? Ich glaube, das könnte uns sehr helfen."

Die Frau Doktor erhob sich.

„Vielen Dank, Monika. Ich glaube, du übertreibst ein wenig mit deinem Lob."

Frau Zötel hatte im inneren der beiden konzentrischen Stuhlkreise gesessen und ging nun hinter den äußeren Kreis, um alle ihre Zuhörer überblicken zu können. Sie zupfte ihr T-Shirt zurecht, aus dem, mit einem Bernsteincollier dekoriert, ein wenig von den sorgsam gepushten Wölbungen ihres füllingen Busens hervor lugte. Sie schien mit dem Erscheinungsbild ihres strangulierten Fettgewebes zufrieden zu sein, und begann:

„Meine Damen und Herren, leider werde ich Sie enttäuschen müssen. Ratschläge werde ich Ihnen nicht geben, geschweige denn kleine Tipps, wie Monika es nannte. Es würde mein wissenschaftliches Selbstverständnis kompromittieren."

Mit einer Kunstpause machte sie deutlich, dass erst jetzt ihr eigentlicher Vortrag begann:
„Lassen Sie mich stattdessen das Developpement infantiler Sensibilität und seiner communitydependenten Kausalgebundenheit thematisieren. Mögen Sie dann anschließend Ihre eigenen individuellen edukativen Konklusionen daraus ziehen."
„Geht es auch auf Deutsch?", rief eine Männerstimme in den Raum.
Die Referentin hielt einen Augenblick inne, suchte Blickkontakt zu dem Zwischenrufer, beugte sich dann ein wenig hinab zu der brav vor ihr auf ihren Stühlchen sitzenden Elternschar, sorgsam darauf achtend, dass ein wenig mehr, aber doch auch wieder nicht zu viel ihrer wohlgeformt hervorquellenden, aber dennoch eher feministisch bedrohlich als verführerisch wirkenden Weiblichkeitsbeweise sichtbar würde. Milde senkte sie sodann ihren Blick zu ihren Zuhörern. Durchschaubar eitles Verständnis zur Schau stellend, flötete sie, indem sie nun erneut ihren Kopf dem Zwischenrufer zuwandte, ihm huldvoll zulächelte:
„Verzeihen Sie, wenn mein gewohntes Fachchinesisch sich verselbständigt hat."
„Aber wir sind hier nicht in Hongkong!"
„Gut. Ich werde mich um eine angemessene Aussprache bemühen."
Dann richtete sie sich wieder auf, stellte sich, falls das überhaupt möglich war, noch aufrechter hin, als vorher schon, und setzte neu an:
„Eines vorab: Der Tod gehört zum Alltagsleben von Kindern."
Sie hatte wohl eine Reaktion der Eltern erwartet, die blieb aber aus.
„Wie viele Mücken hat Ihr Kind bereits erschlagen?", erläuterte sie ihre These, „wie viele tote Hühner verspeist? Wie viele sterbende Könige in Märchen erlebt? Und außerdem: Oma ist schon lange tot, oder wenigstens die Urgroßeltern. Das alles gehört wie selbstverständlich zum Leben eines Kindes."

Sie machte eine Pause, um ihre Worte wirken zu lassen, bevor sie fortfuhr:

„Welche Mutter hat denn Skrupel, mit ihrem Kind zum Schlachter zu gehen und in aller Seelenruhe nach Schweinenacken oder Putenbrust zu fragen? In Abwesenheit der Erziehungsberechtigten sieht das Kind vielleicht sogar Krimis statt immer nur Sandmännchen. - Last not least" und als wäre sie selbst plötzlich bei diesen Worten erschrocken, wandte sie sich ironisch dem Zwischenrufer von eben zu: „Verzeihen Sie, ich wollte sagen: Schließlich – auch an dem Gekreuzigten in der Kirche hat Ihr Kind sicherlich keinen Schaden genommen."

Wieder ließ sie ihre Worte eine Weile wirken, bevor sie nun zum entscheidenden Schlag ausholte:

„Die Vorstellung eines Kindes vom Tod als etwas Grauenvollem, Unnatürlichem entsteht einzig und allein durch inkompetente Erziehung."

Verwirrt beobachtete die Psychologin, dass ein Elternpaar sich aus den Kinderstühlen hoch schraubte und den Raum verließ. Doch unbeirrt redete sie weiter.

„In unserer Gesellschaft und damit unseren Familien spricht man nicht vom Tod. Das ist in anderen Kulturen anders. Hier bei uns aber verschweigt man ihn. Und wenn Fragen kommen, ist es peinlich. Sie gehören sich nicht. ‚Oma, wann stirbst du eigentlich, Opa ist doch schon so lange tot? ‘, so eine unbefangene, naheliegende Frage darf das Kind nicht stellen. Es wird blitzschnell zum Schweigen gebracht und zurechtgewiesen. Weil es sich nicht gehört. So etwas ist peinlich – bezeichnenderweise übrigens nicht etwa aus der Sicht der Oma, sondern nur für die Eltern des Kindes, die es tadeln, statt die kluge Frage zu loben, die lediglich eine natürliche geistige Wachheit signalisiert. Aber gut erzogene Kinder tun so etwas eben nicht. Sagte ich gut erzogene? Ich meine natürlich schlecht erzogene. Insofern teilt der Tod das Schicksal, das bei uns seit 2000 Jahren über die Sexualität verhängt ist. Er ist tabu."

Nach diesem Satz verließ ein Gemeindevertreter den Raum.

„Ich weiß, viele wollen das nicht hören", fuhr sie fort. „Vielleicht fragen Sie sich, warum ich so weit aushole und Ihnen das erzähle? – Sehen Sie, wir sind bereits ganz nahe bei unserem eigentlichen

Problem: Ihr Kind muss durch das Erlebnis an der Lügenbrücke nicht traumatisiert sein. Natürlich, es wird Fragen stellen – das heißt, wenn es darf. Sonst wird es schweigen."

„Haben Sie eigentlich Kinder?", rief plötzlich eine junge Mutter in den Raum.

„Nein. Aber gerade deshalb..."

Empörtes Stimmengewirr begrub das Ende des angefangenen Satzes:

„Dann gehen Sie doch nach Hause!", hörte man eine empörte Frauenstimme, und

„Dann wird es aber Zeit", gleichzeitig eine andere.

„Höchste Zeit!", ergänzte eine Männerstimme lachend, und

„Wenn es nicht längst zu spät ist", kommentierte ein sonorer Bass, worauf ein vorlauter junger alleinerziehender Vater sich bemüßigt fühlte, zu seinem Nachbarn zu flüstern:

„Eigentlich ist die doch noch leidlich gut begehbar!"

Doch die Frau Doktor ließ sich nicht aus der Ruhe bringen.

„Hören Sie mir doch bitte erst einmal zu! Der Einwand ist mir bekannt. Aber gerade da ich selbst keine Kinder habe, kann ich objektiv über solche Probleme sprechen und muss nicht mein erzieherisches Versagen durch Tabuisierung verstecken wie Sie."

Mit empörtem Gelächter wurden die Worte quittiert. Immer mehr Eltern standen auf und verließen den Raum.

„Jeder hat doch Angst vor dem Tod! Das wissen Sie doch so gut wie wir alle, die wir hier sitzen!", kam ein abschließender Zuruf von der Ausgangstür. Dann war auch das letzte der bis dahin noch verbliebenen Elternpaare gegangen.

12.

Die Leiterin des offenen Vollzugs in Bordesholm, Silvia Mölen, hatte vom Obduktionsbefund erfahren: Tod durch Ertrinken nach Drogen- und Alkoholkonsum.

Seitdem drehte sich in ihren Träumen immer wieder alles um Mona, ihren Tod und wie in der Pathologie Beweise gefunden werden.

Es waren immer wiederkehrende Träume, in Folgen aufeinander aufbauend, Vergessenes wieder an die Oberfläche spülend. Gleichzeitig zielgerichtet und wirr. In einer Endlosserie wie in einer nächtlichen Soap liefen Geschichten ab, in denen holzschnittartige Charaktere agierten.

Sie wusste nicht, was sie gegen diese schrecklichen Träume tun konnte – zumal sie die Ergebnisse ihrer nächtlichen Ausflüge in die Gefilde eines Pathologen auch irgendwie herbei sehnte. Aber das Erwachen nach einem der Träume hatte nichts Befreiendes. Vielmehr hielten die Träume sie gefangen.

So erging es ihr auch in dieser Nacht:

Ein Knacken, und die elektrische Säge glitt durch den Brustkorb des Mitte-30-Jährigen Mannes. Dem Pathologen kam ein Geruch aus Alkohol und verfaultem Fleisch entgegen.

Braun zog die Nase etwas zusammen, die Party war eindeutig zu heftig gewesen. Aus der etwas zu großen Leber entnahm er mit dem Skalpell Gewebe für die Analyse unter dem Elektronenmikroskop. Neueste Technik machte das wesentlich einfacher und schneller. Der Geruch war inzwischen Gewohnheit. Zwei weitere Leichen lagen links und rechts auf Liegen aus Metall. Weißes Leinentuch verdeckte die blaugrauen leblosen Körper der übel zugerichteten Toten. In Gedanken schweifte er zum letzten Freitag zurück. Seine sonst so ruhigen braun gebrannten Hände glitten zitternd in den Bauchraum, schoben Gedärme und Innereien zur Seite. Der Magen hatte Perforationen, das sah nach Gift aus!

Seine Gedanken irrten ab. Mit 43 frei.

„Hiermit sind Sie frisch geschieden", sagte die Richterin in ihrer schwarzen Robe.

Wie ein Fausthieb in die Magengrube traf dieser Satz, er war so endgültig. Braun hatte, obwohl er weiter arbeitete, die Szene klar vor Augen.

„Michael, warte doch!"

Schon war sie neben ihm, ihr schwarzer Designer-Hosenanzug raschelte, dann legten sich ihre frisch manikürten Finger auf seinen Oberarm, sein ganzer Körper spannte sich unter seinem grauen Boss-Anzug bis zum Äußersten, ein Stromschlag konnte nicht weniger schmerzhaft sein. Blonde Strähnen hingen ihr wild im Gesicht, er war versucht ihr in die Haare zu greifen.

Sie flötete:

„Michael, ich danke dir, dass ich Prince behalten darf, Haus und Geld hab ich ja selbst genug! Lass uns doch Freunde bleiben!"

Dass ausgerechnet sie diesen Satz sagte, die nach 13 Ehejahren mit seinem besten Freund durchgebrannt war. Betrogen und belogen. Na ja, als Kommunalpolitikerin waren schwammige nicht konkrete Aussagen, vorgeschobene Termine ihr tägliches Brot. Lügen an der Tagesordnung.

Ihr Duft erregte ihn immer noch ziemlich heftig. Die Zeit heilt alle Wunden, Michael vergiss es, sie ist es nicht wert.

„Scheiß Spruch, Alessa, ganz im Ernst, das kannst du dir sparen. Der Hund ist mir nicht so wichtig. Du weißt ja, dass ich viel arbeite. Falls dich der Kerl…"

Den Namen konnte er seit dem Entdecken des Verhältnisses von seinem Freund und Alessa nicht mehr über die Lippen bringen.

„Falls er dich abserviert, komm nicht wieder zu mir!"

Ein Klackern drang an sein Ohr.

Eine brünette, kurvenreiche, in Jeans und blauem Leinenblazer gekleidete, nicht mehr ganz junge Frau kam mit schnellen Schritten vorbei an den Schränken mit Alkohol und anderen zum Konservieren von Körperteilen und Gewebe gefüllten Behältern in die Szene. Silvia Mölen erkannte sich plötzlich selbst als Figur in ihrem eigenen Traum.

„Michael Braun?"

„Ja, wer will das wissen?"

„Silvia Mölen", *hörte die Vollzugsbeamtin sich sagen*, „ich komme in privater Angelegenheit. Sie haben doch vor ein paar Tagen Mona Schuster aufgeschnitten, was haben sie gefunden?"

„Sie glauben doch nicht ernsthaft, dass ich Ihnen das erzähle!"

Der Pathologe lachte.

„Ohne Dienstausweis oder Anwaltschaft keine Auskunft!"

Was bildet der sich eigentlich ein? Etwas mehr Entgegenkommen hatte sie schon erwartet.

„Haben Sie Kinder, Mister?"

„Ja eine Tochter, Teenager, super Alter."
Sein Sarkasmus störte sie wenig. Mit so etwas hatte sie täglich zu tun.
„Ich arbeite in dem Heim, aus dem Tom Berloni kommt, der Hauptverdächtige von Hauptkommissar Bielfeld. Um meine Schützlinge zu entlasten, würde ich so ziemlich alles tun, verstehen Sie das?"
Sie war wild entschlossen, herauszufinden, was hier vor sich ging. Ihre Entschlossenheit beeindruckte ihn. Dass Mona im vierten Monat schwanger war, konnte ja keiner wissen.
„Nun, ich bin kein Monster."
Er setzte zum Sprechen an, eine der elektronischen Türen glitt auseinander, ein älterer Herr mit grauer, total zerzauster Frisur schlurfte zum Regal und schob ein paar Gläser zur Seite.
„Ach da sind sie ja."
In dem Glas schwammen ein Paar Augen, na lecker, diesen Job kann auch nur eine bestimmte Art von Mensch ausüben.
„Guten Morgen."
Erst jetzt hatte er bemerkt, dass eine Frau im Raum war.
„Wen haben wir denn hier?"
„Besuch."
Kurz und knapp wie immer. Michael war kein Mann der vielen Worte.
„Na auch gut!"
„Michael, Prien wartet auf deinen Bericht von der kleinen Schuster. Er wird schon wieder anstrengend!"
„Ja, ja, ist schon so gut wie fertig, Horst."
„Prima. Treffen wir uns um zwölf in der Kantine?"
„Wir sehen uns."
Die Tür surrte wieder auf und Horst schlurfte in den anderen Raum. Der Pathologe zog aus einer Schublade eine Mappe und schlug sie auf.
„Hier schauen Sie."
Ihr Kopf drehte sich zu ihm, ihre Augen überflogen den Text. Was hieß das alles? Ihr Schullatein half hier nicht weiter. Als ob er ihre Gedanken gelesen hätte, sagte er mit ruhiger Stimme und tippte auf die Textzeilen:

„Sie war im vierten Monat, und es wurden verschiedene Medikamente im Magen gefunden!"

„Was? Wer war der Vater? Glauben Sie, sie hat sich das Leben genommen?"

„Hören Sie mal, ich bin nicht der liebe Gott. Wir haben Gewebe entnommen, um einen Abgleich vorzunehmen. Mit der heutigen Technik kann kaum eine Faserspur übersehen werden. Im Übrigen haben wir Wasser in der Lunge gefunden. Es gehen auch heute noch viele Frauen ins Wasser, durch die hohe Dosis der Tabletten und Drogen war sie kaum noch handlungsfähig."

„Schrecklich! Waren sonst noch Spuren vorhanden?"

Er nahm einen Schluck Wasser aus dem Glas, stellte es auf den Metalltisch hinter sich und blätterte die nächste Seite auf.

„Ein paar Schrammen am Hinterkopf, aber unbedeutend. Meine Meinung: Sie konnte mit dieser Situation nicht mehr leben: Mona Schuster, die Tochter des Apothekers, ein Flittchen, das ging auf keinen Fall!"

„Danke."

Sie griff nach der Akte, er zog sie weg, sie starrte ihn erstaunt an.

„Ich habe Ihnen schon zu viel gesagt, das muss reichen!"

„Gut, um einen DNA-Test zur Vaterschaft zu machen, was brauch ich da?"

„Blut, Speichel, Haare, irgendetwas vom potenziellen Vater!"

Er zog die Handschuhe aus und wusch sich gründlich die Hände. Horst betrat mit einem Tablett den Raum.

„Hallo Michael! Hier ist unser Mittagessen, Bauernfrühstück!"

„Sehr gut, Horst!"

Silvia blickte lächelnd auf die genussvoll speisenden Männer.

„Falls ich Haare oder ähnliches auftreiben kann, komme ich wieder. Sie sind ja wohl in der Lage einen DNA-Test durchzuführen."

Sie zupfte sich ein Haar aus ihrer lockigen Frisur und wedelte damit vor seiner Nase herum. Michael biss ungerührt in seine Gewürzgurke.

„Heutzutage gibt es schon Beratungsstellen in jedem kleineren Ort: Pro Familia und viele weitere Organisationen."

„Abtreibung bringt kaum noch jemanden auf die Palme, das ist wie zum Zahnarzt gehen."

„Sie wurde von großer Verzweiflung und hohem Druck angetrieben, soviel ist sicher."

Er zog die Stirn kraus, als ob er nachdachte.

„Haare, Blut oder Speichel vom Kindesvater wären perfekt."

„Der Test dauert sicher nur ein paar Stunden, die Zeit drängt."

„So wie beim Schlussverkauf bei Karstadt, bevor der letzte Vorhang fällt!"

„Ja, ich stürze mich in diese Schlacht, für die Kids", beharrte sie.

Mit Schwung warf er seinen Kittel über den Metallstuhl.

„Hören Sie. Was Sie da tun, kann ich verstehen. Aber seien Sie vorsichtig. Nicht jeder lässt es widerstandslos zu, als Vater entlarvt zu werden."

Er ergriff ihre Arme und funkelte sie mit seinen schwarz-braunen Augen an.

„Heldentum endet meist bei mir auf dem Seziertisch."

Er deutete auf die Tote auf dem Tisch.

„Mein Verlangen, auch Sie aufzuschneiden, geht gegen Null!"

„Ich lass mich nicht aufhalten, von nichts und niemandem!"

„Das merke ich gerade, aber wer sagt Ihnen denn, dass Sie nicht beobachtet werden?"

Sein Griff wurde fester, er begann sie zu schütteln, als sie schon fast auf der untersten Stufe der Marmortreppe angekommen waren.

Sie schaute zu der großen schweren Mahagoni-Ausgangstür.

„Ich muss hier raus, je eher desto besser."

Sie keuchte.

Er griff in die hintere Gesäßtasche seiner Blue Jeans und zog eine schwarze Visitenkarte mit blutroter Schrift hervor.

Sie las: ‚Dr. Michael Braun, Humanschneider, Jägersberg 13, 24103 Kiel'. Schwarze Karte: Schwarzer Pathologenhumor .

„Hier können Sie Tag und Nacht anrufen, am Wochenende habe ich sowieso nichts vor."

„Keine Familie zuhause?"

„Nur Katze und Goldfisch, wobei mir der Fisch am liebsten ist, ruhig und schweigsam!"

„Danke sehr, ich melde mich, sobald ich Ergebnisse habe."

Sie drehte sich auf den blauen Lederpumps um. Die Pfennigabsätze klapperten auf dem Kopfsteinpflaster. Ein Lächeln huschte ihm über das Gesicht.

Michael Braun ging zurück und stieß die Tür zum Labor auf.
„Horst, ich glaub ich hab bald ein Date!"
Sein Gegenüber verschluckte sich fast am Kaffee.
„Das ist nicht dein Ernst?"
„Aus welchem Heim kam sie?"
„Offener Vollzug Bordesholm."
„Mann, die will dich noch erziehen, lass lieber die Hände in der Hose. Die bedeutet Ärger, das rieche ich zehn Meilen gegen den Wind!"
Michael streifte neue durchsichtige Latexhandschuhe über.
„So, ich hab noch zu tun."
Er nahm die Zange und zog den Darm aus dem leblosen Körper, schnitt mit einem Laserstrahl sogleich den glitschigen langen Darm auf. Den Inhalt gab er in die Nierenschale. In Petrischalen legte er mehrere Kulturen an, die im Brutschrank anfingen zu arbeiten. Er war wieder voll bei den Toten. Unter dem allerneuesten Mikroskop suchte er nach Krebszellen. Das war sein Job.
Sein Handy vibrierte, ein cooler Spruch als Klingelton, er nahm ab.
,,Hallo?"
Am anderen Ende sprach eine angespannt wirkende Stimme:
„Ich bin es, Silvia."
Er erkannte ihre Stimme sofort.
„Wann kann ich ein paar Haare analysieren lassen?"
„Heute gegen zwanzig Uhr, dann sind nur wir zwei Hübschen da."
Er grinste von einem Ohr bis zum anderen, als sie lachend sagte:
„Wir und mindestens zehn Leichen, das nennen Sie alleine? Aber was soll's, zeitlich passt mir das gut, bis um acht dann also!"

Um neunzehn Uhr fünfundvierzig betrat Silvia das Labor mit einem Briefumschlag und zog ein Plastiktütchen heraus. Michael hatte gerade im Reagenzglas etwas untersucht und wusch sich die Hände bis zu den Ellenbogen.
„Oh, la, la, schöne Frau."
„Da kann ich jetzt gar nicht mit um, was wird das hier?"

Sie reichte ihm die Tüte mit Haaren, der Computer war an, die Datenbank bereit, so bereit wie er. So etwas Süßes konnte er nicht aus den Augen und Händen lassen, das war mal sicher!

„Das war ein Kompliment, falls Sie heute noch keins bekommen haben, wollte ich der Erste sein."

„Dafür sind Sie etwas zu spät auf dem Weg!"

Ihre Locken umschmeichelten ihr wunderschönes ebenmäßiges Gesicht, ihre Augen funkelten angriffslustig.

„Ich bin hier, um herauszufinden, wer sich an Mona ran gemacht hat. Welches Schwein lässt ein so junges Ding schwanger sitzen!? Da ich einen Verdacht habe, möchte ich ihn auch beweisen können, und Sie sollen mir dabei nur helfen, nicht mehr und nicht weniger."

„Beruhigen Sie sich, es liegt mir fern, Sie lediglich als Sexobjekt zu betrachten, natürlich will ich Ihnen helfen."

„Wir verstehen uns."

Um zwei Uhr vierzig ein lauter Piepton und sie hatten das Ergebnis.

„Hier schau hin."

Er zeigte mit dem Finger auf den Namen.

„Nein, oh Gott!"

Panik stieg in ihr hoch.

Schweiß überströmt lag Silvia Mölen im Bett, unfähig, sich zu rühren. Ihre Gedanken rasten. Was wollten diese Träume ihr sagen? Irgendwie fühlte sie, dass erst die Aufklärung des Todes der jungen Mona ihr wieder ruhigen Schlaf bringen würde.

13.

Wenn du mich jemals wirklich geliebt hast und mich vielleicht noch immer ein wenig liebst, dann wirst du hierher kommen und nach dem suchen, was du auf der anderen Seite findest. Du bist der Einzige, dem ich mich anvertrauen möchte. Ich liebe dich! Mona.

Tom hatte zugestimmt, dass Erika Friedberg diesen Brief an sich nehmen durfte. Die Zweifel an der Echtheit mussten soweit wie möglich ausgeschaltet werden.

Erika Friedberg wusste von ihrem Kollegen Titze aus Neumünster, dass dieser in einem anderen Fall einen Graphologen hinzugezogen hatte, dessen Beurteilung zutreffend gewesen war. Sie erkundigte sich noch am Abend bei Titze über den Graphologen.

„Er heißt Mathias Erdmann und arbeitet sowohl für Gerichte als auch für das Landeskriminalamt.
Du kannst noch so nett am Telefon zu ihm sein. Er ist ein kauziger Typ. Wundere dich nicht! Er stellt freche Fragen, gibt sonderbare Antworten, aber seine Gutachten sind anerkannt gut. Am besten, ich lese dir mal aus seiner Vita vor:
Mathias Erdmann, Gerichtsgraphologe, ist pensionierter Polizeipsychologe mit Sonderausbildung zum Schriftpsychologen. Ursprünglich war er Realschullehrer in Berlin gewesen. Fasziniert von der Schriftpsychologie besuchte er nebenbei Seminare im In- und Ausland, um sich in Graphologie und Tiefenpsychologie fortzubilden. Schließlich gab er seinen Lehrerberuf auf und fand eine Anstellung in der Erwachsenenbildung des Landes Schleswig-Holstein. Nebenbei fertigte er Partnerschaftsgutachten und Bewerbergutachten für Industrie und Wirtschaft an. Später erhielt er das Angebot der Landespolizei, als Polizeigutachter mit Schwerpunkt Graphologie hauptberuflich tätig zu werden. Im Alter von 40 Jahren hatte er bereits bundesweit einen ausgezeichneten Ruf. Auch jetzt noch als Pensionär ist er als Honorargutachter beim Landgericht Kiel und der Landespolizei besonders in der Deutung von Schriften ein gefragter Fachmann.
Ich könnte mir vorstellen, dass er dir bei der Aufklärung deines Falles gute Hilfe leistet. Also viel Glück!"

Erika Friedberg fand es spannend, mit diesem Mann Kontakt aufzunehmen. Gleich morgen früh würde sie versuchen, ihn zu erreichen. Er wohnte ganz in der Nähe im Torhaus auf dem alten Gutshof Quarnbek.
„11.15 Uhr ist eine gute Zeit anzurufen", dachte Erika Friedberg, „vielleicht ist er ein Spätaufsteher und frühmorgens noch schlecht gelaunt."

Nach dreimaligem Klingeln meldete sich eine brummig tiefe Stimme. „Ja?" Mehr nicht.

„Mein Name ist Erika Friedberg, Polizeistation Bordesholm, Herr Erdmann, Sie sind mir von meinem Kollegen Peter Titze aus Neumünster wärmstens empfohlen worden. Könnten Sie mir bitte in einer Mord- oder vielleicht Selbstmordangelegenheit helfen? Ich benötige ein Gutachten über die Echtheit eines Briefes, der mir sehr wichtig zur Aufklärung des Falles erscheint."

Erdmann unterbrach das Gespräch: „Hab schon von Ihnen gehört! Holen Sie sich den Auftrag Ihrer Behörde aus Kiel und schicken Sie ihn mir zu. Versuchen Sie, einen Vergleichstext beizulegen, der unbestritten echt ist. Und eins noch: Sie brauchen keine Angst vor mir zu haben. Ich beiße nicht. Ich helfe gern, besonders natürlich jungen Kommissarinnen."

Erika Friedberg fiel ein Stein vom Herzen. Was hatte Titze noch von ihm gesagt? Er sei ein mürrischer Kauz? Nein, sie war ganz anderer Meinung.
Erika Friedberg fuhr sofort in das Elternhaus von Mona und fragte nach einem Vergleichstext.
Auf dem Schreibtisch lag ein aktuelles Deutschheft. Friedberg nahm es an sich, bedankte sich bei Monas Vater für die Unterstützung. Zusammen mit einem kurzen Anschreiben brachte sie die Schriftstücke, Schulheft und Abschiedsbrief, auf den Postweg.

Bereits nach drei Tagen lag Erdmanns Beurteilung in der Post.
„Vielleicht können darüber hinaus die folgenden Hinweise für Sie hilfreich sein: Anfangs- und Endzüge dieser kurzen Mitteilung zeigen ein unsicheres Auftreten, starken Mangel an Selbstvertrauen, u.U. Lebensangst, Minderwertigkeitskomplexe, ein Leben ohne Ehrgeiz. Die übertrieben kleinen und schmalen Initialen deuten auf einen Menschen, der dem Leben nicht recht traut, in Vielem zu kurz gekommen ist und somit auch nicht mehr viel erwartet. Die fadenförmigen Schlangenlinien des Schriftzuges symbolisieren extreme Kraftlosigkeit. Meine Erfahrungen aus diesen wenigen Zeilen bestätigen die Ausweglosigkeit der jungen Frau.

Verglichen mit dem Schulheft halte ich die kurzen Zeilen in dem gefundenen Brief für echt."

14.

„Verdammt!"

Hausmeister Emsig fluchte. Der Stuhlturm auf dem flachen Transportwagen, den er vor sich her schob, schwankte bedenklich. Mit diesem Andrang hatte niemand gerechnet. Der Sitzungssaal des neuen Rathauses war bis auf den letzten Platz besetzt. Ein sehr gemischtes Publikum hatte sich zu der Bürgerversammlung eingefunden. Alle 150 bereitgestellten Sitzplätze waren belegt, und viele Menschen standen noch vor der hellen Fensterfront oder drängten sich im Eingangsbereich. Eine Gruppe angegrauter Eigenheimbesitzer beobachtete die bunten, Kaugummi kauenden Jugendlichen mit demonstrativer Missbilligung. Reporter der Regionalpresse wieselten herum und ließen ihre Blitzlichter aufflammen.

„Was erwarten Sie von dem heutigen Abend?" Der Journalist vom ‚Holsteinischen Courier' hatte den Spiralblock gezückt und blickte den jungen Mann mit der Irokesenfrisur fragend an.

„Eigentlich gar nichts. Die machen ja doch, was sie wollen." Dabei grinste der Irokese breit.

„Wer? Der Betreiber des Heimes? Die Gemeinde? Die Bürger-initiative?"

„Na, alle da oben. Stecken alle unter einer Decke. Wollen alle nur Kohle. Die interessieren so ein paar Jugendliche doch gar nicht!"

Der Reporter notierte den Namen des Befragten und fotografierte ihn.

Langsam waren zusätzliche Stühle heran geschafft worden. Alle hatten einen Platz gefunden. An den quer vor den Stuhlreihen aufgestellten Tischen nahmen der Bürgermeister, der Betreiber des offenen Strafvollzuges, der Chef des Bauamtes, ein wissenschaftlicher Experte und der Moderator des Abends, ein hoch bezahlter Mediator, Platz. Der Bürgermeister erhob sich und läutete mit einer schweren Messingglocke. Langsam erstarben die Gespräche.

„Meine Damen und Herren, ich begrüße Sie zu der heutigen Einwohnerversammlung."

Einige Jugendliche klatschten. Der Bürgermeister blickte hilfesuchend zu dem Mediator hinüber. Aber einige scharfe Worte in der Gruppe der Jugendlichen ließen den höhnischen Applaus verstummen.

Schulze hatte jetzt die bekannte Handhaltung der Bundeskanzlerin gewählt: Die Hände vor dem Bauch zu einem Dreieck zusammengeführt.

„Wir haben Sie eingeladen, um mit Ihnen über Wohnungen und Häuser für problematische junge Menschen auf dem ehemaligen Veranstaltungsplatz zu sprechen…"

„Gibt es denn da noch etwas zu diskutieren? Die Häuser stehen ja schon. Und welche Typen Sie uns heranholen, haben wir gesehen!" Die Stimme des erregten älteren Herrn vibrierte. Der Block der Grauköpfe applaudierte. Da sprang der Mediator auf:

„So geht es nicht, meine Damen und Herren!" Er blickte ins Publikum, es schien, als wolle er jeden einzeln fixieren.

„Wir müssen uns gegenseitig ausreden lassen. Sonst werden wir niemandem gerecht."

Er blickte sich Zustimmung erheischend um.

„Ja, aber dann bräuchten wir dich doch nicht!", rief jemand von hinten.

Der Moderator sah zum Bürgermeister hinunter.

„Soll ich gleich übernehmen?"

Der Bürgermeister nickte dankbar und erleichtert. Der Moderator fuhr fort:

„Ich denke, wir geben zunächst einmal Herrn Schubert, dem Leiter der Lichtblick-Heime, zu dem auch unser Heim gehört, das Wort. Er soll uns die Konzeption seiner Einrichtungen…"

Da hielt es Ekkehardt Ehlers nicht mehr auf seinem Platz. Der früh pensionierte Gymnasiallehrer sprang auf, warf in Erinnerung an alte Zeiten im Studentenparlament gleichzeitig beide Arme in die Luft und rief:

„Zur Geschäftsordnung, zur Geschäftsordnung! Das wissen wir doch alles! Deshalb sind wir ja hier! Dass das nicht funktioniert, hat der

Vorfall doch gezeigt! Mord ist doch kein Pappenstiel! Sie sollen sich hier unsere Argumente anhören."

Der Applaus aus der Gruppe der angegrauten Herren und ihrer Damen wollte nicht enden. Der Mediator schwang die Glocke. Dabei kam ihm eine Idee:

„Gut, gut! Tragen Sie zunächst ihre Anliegen vor. Dann kann Herr Schubert bei seinem Beitrag gleich darauf eingehen."

Er blickte den Anstaltsleiter Zustimmung heischend an.

Mit einem so schnellen Sieg hatte Ehlers nicht gerechnet. Er wühlte in seiner Aktentasche nach dem Manuskript, fand es und ging, von aufmunternden Worten seiner Anhänger begleitet, zum Rednerpult. Stolz blickte er in die Runde:

„Ich bin Ekkehardt Ehlers. Wir haben gestern die Bürgerinitiative ‚Bordesholm steht auf' ins Leben gerufen. Weil wir uns Sorgen machen um die Entwicklung unseres Ortes." Er warf einen Blick auf sein Manuskript.

„Ausdrücklich stellen wir fest, dass wir nichts gegen Einrichtungen der Art, wie sie von Ihnen betrieben werden, Herr Schubert, haben..." Jetzt kam Ehlers nicht weiter. Die Jugendlichen skandierten „He lüggt, he lüggt!", lachten und klatschten feixend Applaus.

„Nichts dagegen! Aber nicht bei uns!" – „Wasch mir den Pelz, aber mach mich nicht nass!" – „Heuchler!" – „Denn nimm doch welche auf! Deine Hütte ist doch groß genug!", schallte es Ehlers entgegen, bis der Mediator mit der Glocke für Ruhe sorgte.

„Ja, richtig, nicht bei uns!", rief Ekkehardt Ehlers nun unter dem donnernden Applaus seiner Anhänger in den Saal.

„Es gibt viel bessere und kostengünstigere Unterbringungs-möglichkeiten für diese Leute als bei uns. Leere Kasernen überall im Land. Wir hier werden aber zu Opfern einer Ideologie. Problemjugendliche integrieren in eine heile Gemeinschaft. Dass ich nicht lache. Wir haben mit uns selbst genug zu tun. Luftkurort wollen wir werden, der Fremdenverkehr soll gefördert werden. Kein Gast kommt zu uns, wenn diese Menschen hier frei herumlaufen. Und man sieht ja, was dabei herauskommt!"

Am Präsidiumstisch ergriff Herr Schubert das Mikrofon.

„Herr Ehlers, was soll diese Andeutung. Wenn sie etwas wissen, frei heraus damit. Bislang ist keinem meiner Jungen etwas nachgewiesen."

Der schrille Zwischenruf einer Frauenstimme ließ alle zusammen zucken:

„Klar war das einer von denen! Wer denn sonst! So etwas gab es bei uns vorher doch nicht! Einsperren, wegschließen! Alle!"

Die Redeschlacht wogte hin und her. Es war nicht ganz deutlich, wer die Mehrheit stellte, die Kritiker des offenen Strafvollzuges für Jugendliche oder die Befürworter. Einen Moment schienen auch die Gegner innezuhalten. Da hatte Steffen Paul, der alte Heimatforscher, das Wort genommen:

„Meine Damen und Herren, unsere Gemeinde hatte schon viele Jugendliche zu Gast. Bei uns sind sie ausgebildet worden, haben aus unserem Ort von ihren Lehrern etwas in die Welt hinaus mitgenommen. Denken Sie an die schon 1566 gegründete Klosterschule, aus der dann die Kieler Christian-Albrechts-Universität hervorging. Tüchtige Männer, Verwalter und Beamte hat sie ins Land entlassen. Freilich hat es auch die dunkle Zeit gegeben, in der das Alte Amtshaus die NS-Gauführerschule beherbergen musste. Dann ab 1946 die Verwaltungs- und Sparkassenschule im „Alten Haidkrug", jetzt die Verwaltungsakademie Bordesholm. In jeder Kommunalverwaltung im Land trifft man in Bordesholm ausgebildete Menschen. Deshalb sollten wir dem Projekt, in dem Jugendliche eine zweite Chance bekommen, keine Steine in den Weg legen. Bedenken sie: Diese jungen Menschen sind das Produkt unserer Gesellschaft. Und somit muss auch unsere Gesellschaft, müssen auch wir Bordesholmer, dazu beitragen, sie wieder zu angesehenen Bürgern zu machen."

Einem Augenblick nachdenklicher Stille folgte erneuter Tumult. Der Bürgermeister versuchte, ein Meinungsbild herzustellen, was nicht gelang. Nicht Argumente, sondern Lautstärke schien wichtig. Schließlich schloss der Bürgermeister mit einer resignierten Geste die Versammlung. Steffen Paul war einer der letzten, die den schönen Sitzungssaal unter der achteckigen Kuppel verließen.

„Könnte man dieses Dorf doch in die Luft wirbeln, dass es ordentlich durchgepustet wird", murmelte er vor sich hin.

15.

Tom Berloni wurde 1997 in Kiel geboren. Seine Großeltern und Eltern kamen aus dem kleinen sizilianischen Städtchen Partanna. Die beiden Männer erhielten bei einem Orthopädiegerätehersteller in Kiel-Gaarden als Gastarbeiter ihre erste Anstellung. Sie wohnten anfangs in Gaarden und zogen drei Jahre später in zwei Wohnungen in den Osloring nach Kiel-Mettenhof. Nach Schließung des Werkes arbeiteten beide für eine große Reinigungsfirma. 1996 errichteten sie durch ihren Fleiß und Eigenarbeit der ganzen Familie ein eigenes Reihenhaus in Flintbek. 2001 wurde Toms Schwester Melina geboren.

Tom, Liebling der Familie, wurde ein guter Schüler der Eiderschule und hatte viele Freunde. Als sein erstes Praktikum anstand, vermittelte ihm seine Klassenlehrerin, Frau Simon, einen achttägigen Schnupperjob in der Reesdorfer Bio-Bäckerei, die gerade ihren neuen Betrieb in dem ökologischen Gewerbegebiet in Bordesholm eröffnet hatte. 15 Jahre jung, pechschwarze Locken, groß und kräftig, blaue Augen, im rechten Ohr ein silberfarbener Ring und an beiden Unterarmen Schlangentätowierungen, all das machte Tom natürlich zum Liebling der Mädchen seines Alters und wohl auch seiner Lehrerin. Halb sizilianische, halb deutsche Wutausbrüche wechselten sich ab, wenn er in den großen Pausen auf dem Schulhof stand.

Berufswahl war für ihn kein Thema. Das Praktikum machte ihn jedoch nachdenklich. Der Chef, der Geselle, der ihm zur Seite stand, überhaupt alle Mitarbeiter der modernen Bäckerei ermutigten ihn, auf jeden Fall eine Lehre zu machen. Frau Simon und vor allen Dingen seine Eltern halfen ihm bei der Bewerbung. Tom erhielt den Ausbildungsplatz. Ernesto Lackovic, sein Ausbildungsmeister, erinnerte sich noch gut an Toms Praktikum und war gern bereit, ihm auf seinem Berufsweg zu helfen.

Ein folgenschwerer Vorfall veränderte Toms bisheriges unbeschwertes Leben, als er bereits im zweiten Lehrjahr in der Reesdorfer Bäckerei tätig war. Während eines Kreisligaspiels TSV Bordesholm gegen den TSV Flintbek kam es in der zweiten Halbzeit beim Spielstand von 2:0 für Bordesholm zu einem Streit, in dem Tom von seinem Gegenüber verhöhnt und gereizt wurde.

„Du Arschloch, mach das nicht noch mal! Wenn du mich aufs Messer reizt, dann zück ich mein Fahrtenmesser und du kommst nicht mehr nach Hause. Das garantiere ich dir!"

Hajo, sein Gegenspieler, lachte über ihn:

„Mach doch, du kannst es nur nicht ertragen, dass wir mit 2:0 führen. Du meinst, weil du Italiener bist, kannst du dich aufführen, als wärst du beim AC Rom. Aber bitte, wenn du Randale willst, die kannst du haben. Du wirst im Dreck landen und dich nicht mehr bewegen können."

Es blieb beim 2:0 für den TSV Bordesholm. Tom kochte vor Wut.

Er kam als erster aus der Kabine und wartete auf dem Hallenvorplatz auf seine Gegner, da kam Hajo in einem Pulk von sechs Mitspielern aus der Umkleidekabine. Als er Tom sah, schrie er ihn an:

„Komm her, du Arsch, du willst es ja nicht anders. Ich hau dich zum Krüppel!"

Sofort begann eine Schlägerei. Die anderen Jugendlichen hielten erst einmal Abstand. Die erste Faust von Hajo traf die Nase von Tom. Er blutete stark. Tom gab sich aber nicht geschlagen. Die Hiebe wurden härter. Tom fürchtete, er könne Hajo unterliegen, und griff zu seinem Fahrtenmesser. Als Hajo immer noch höhnisch lachte und ihn immer wieder mit den Worten „Ich mach dich tot!" reizte, passierte es. Tom ging mit dem Messer auf seinen Gegner zu und verletzte ihn am rechten Arm. Das Blut floss beängstigend. Die anderen Jugendlichen liefen schreiend weg. Norbert, der Kapitän der Mannschaft von Bordesholm, alarmierte mit seinem Handy die Polizei und den Notarzt. Als der eintraf, hatte Hajo bereits viel Blut verloren. Im Krankenwagen wurde er sofort versorgt und schnellstens in die Klinik nach Kiel gefahren. Die Polizisten führten Tom ab und brachten ihn zu seinen Eltern nach Flintbek.

Tom erhielt eine Jugendstrafe von acht Monaten. Zur Verbüßung seiner Strafe kam er in den offenen Jugendvollzug nach Bordesholm, in das Haus an der B4.

Toms Eltern suchten nach der Tat sofort das Gespräch mit Herrn Eybächer, dem Inhaber des Ausbildungsbetriebes. Ernesto Lackovic, Toms Lehrmeister, wurde hinzugezogen.

„Tom ist ein guter Lehrling", setzte er sich für ihn ein. „Er leistet gute Arbeit. Ich möchte ungern auf ihn verzichten."

An seinen Chef gewandt fuhr er fort:

„Tom ist eben ein italienischer Junge, feurig und leicht entzündbar. Diese Messerstecherei ist eine schlimme Sache. Aber es ist doch noch einmal halbwegs gut gegangen. Wir sollten ihm seinen Berufsweg deswegen nicht verbauen."

Toms Eltern waren Herrn Eybächer unendlich dankbar, als dieser sich bereit erklärte, Toms Ausbildung fortzusetzen. Gleich früh am nächsten Tag führte er ein Gespräch mit der Arrestleitung in Bordesholm mit dem Ergebnis, dass Tom seine Ausbildung unter einigen Auflagen fortsetzen durfte.

Die Räume der Bio-Bäckerei sind hochmodern. Die Brote wurden immer wieder bundesweit mit dem amtlichen Bio-Siegel ausgezeichnet.

Das ganze Team des Reesdorfer Hofes stand zu Tom, als wenn nichts vorgefallen wäre. Auch die Polizistin Erika Friedberg gab sich Mühe mit Tom. Seine äußerliche Erscheinung und auch der italienisch-deutsche Dialekt stachen von anderen Jugendlichen ab. Mit seinem Charme nahm er auch sie schnell für sich ein. Sie spornte ihn an, auf einen guten Abschluss seiner Ausbildung hinzuarbeiten.

Tom schaffte die Gesellenprüfung mit der Gesamtnote „Gut". Chef, Lehrmeister und alle Kollegen freuten sich mit ihm. Toms Eltern richteten aus diesem Anlass eine Grillparty in ihrem Garten aus.

Als Toms Chef sich am späten Abend verabschiedete, nahm er Tom an die Seite und bat um ein Gespräch in seinem Betrieb in der kommenden Woche. Tom hatte ein gutes Gefühl: Herr Eybächer würde ihn nicht fallen lassen und ihm weiterhin auf seinem beruflichen Lebensweg zur Seite stehen.

16.

Die Bässe dröhnten. Das Walmdach des in die Jahre gekommenen Hauses schien im Rhythmus zu vibrieren. Im Jugendtreff an der Seestraße in Bordesholm heizte DJ Wicky ein. Einige bewegten sich auf der Tanzfläche. Andere saßen am Tresen, nippten an ihrem Alkoholfreien. Alle schienen zu warten. Es lag Spannung in der Luft.

„Was er wohl für eine tolle Idee hat?"

Der Junge hinter dem Bartresen musste sich weit herüber lehnen und laut schreien, damit das Mädchen auf dem Barhocker ihn verstehen konnte. Sie zuckte die Achseln:

„Hahnenkämpfe. Was der sich nun wohl wieder ausgedacht hat. Alles nur, um Sandra zu imponieren."

Aber das verstand der Barkeeper nicht. Er war gespannt auf die neue Gruppe und das Abenteuer, das Jörg ihnen angekündigt hatte.

Da war am Eingang Bewegung, und Jörg drängte sich herein. Er trug ein großes, offenbar schweres Paket auf dem Rücken. Die Musik verstummte. In die Stille hinein sagte Jörg:

„Stellt mal einen Tisch da in die Mitte."

Als der flache Tisch stand, wuchtete er das längliche Paket auf die Platte.

„Ich habe euch versprochen, dass wir eine neue Gruppe einrichten werden. Mit Abenteuern und Entdeckungen. Wir werden Geld verdienen. Nicht für uns. Denkt an den Spruch. Lies noch mal vor."

Er zeigte auf einen Jungen, der vor einem großen Wandgraffiti auf dem Podest für die Band saß. Bankentürme, Computer, maskenhafte Menschen, alles Grau in Grau, und überall Dollarzeichen. Der Junge las:

„Profit über sozialer Sicherung.

Profit über Menschenrechte.

Profit über Liebe."

„Genau! Wir werden dagegen arbeiten. Für die da!"

Damit zeigte er auf die Graffiti an der gegenüberliegenden Wand. Auf ausgetrocknetem Boden saß ein ausgemergeltes afrikanisches Kind.

„Wir werden nämlich Schatzsucher."

Triumphierend blickte Jörg in die Runde. Seine Augen fanden Sandra. Die lächelte verständnislos. Was war das für eine neue Marotte?

Aber Jörg ließ sich nicht aufhalten. Er begann, das Paket zu öffnen. Heraus beförderte er ein schwarzes Gestänge. An der einen Seite befand sich ein kreisrunder, an Science Fiction erinnernder Teller. Die in der Mitte gebogene Stange endete wie eine Krücke in einer Armstütze.

„Sollen wir jetzt an Krücken laufen?" Jörg blickte den vorlauten Zwischenrufer scharf an. Das Gelächter verstummte. Mit beiden Händen beförderte Jörg einen schwarzen Kasten aus dem Karton. Auf der Oberseite war ein Display zu erkennen, an der Unterseite eine LED-Lampe. Jörg befestigte das Display an dem Gestänge. Dann legte er einen Schalter um, und ein summendes, knisterndes Geräusch erklang. Andächtiges Staunen herrschte im Raum.

„Ein Metalldetektor!" Jemand hatte das Wort ungläubig in den Raum geworfen. Jörg schaltete das Gerät aus.

„Jawohl! Ein Metalldetektor. Damit gründen wir die Gruppe ‚Schatzsucher'. Wer macht mit?"

Alle jubelten, niemand wollte nicht dabei sein. Nur Sandra hielt sich zurück, saß auf ihrem Hocker und lächelte unsicher.

„Welche Schätze wollen wir denn suchen?"

Ein kleiner Junge mit flinken Mauseaugen hatte die Frage gestellt.

„Berechtigte Frage, Jimmy."

Jörg sah in die erwartungsvollen Augen der Besucher des Jugendtreffs. Er wusste, dass er sie wieder einmal voll auf seiner Seite hatte. Was Sandra nur wollte mit ihrem Tom? Jörg Janson war der Alphamann hier. Und er begann, seinen Plan zu erläutern: „Schätze finden kann man überall. Überall haben Menschen was verloren, liegen gelassen. Wir finden es. An der Badestelle im Sand. Sogar unter dem Wasser. Oder an Parkautomaten in der Stadt. Nach Feten, zum Beispiel dem Wattenbeker Dorffest, auf dem Festplatz. Überall, wo Leute was verloren haben können."

„Genau. An der Ostsee!" rief einer. „Auf der Vogelwiese nach dem Schützenfest…" Die Vorschläge überschlugen sich.

„Aber das alles ist Anfängerschule. Schatzsuche ist mehr." Jörg hob die Hände, und alle lauschten gespannt.

„Ihr habt sicher alle von dem Rheingold gehört. Dem Schatz der Nibelungen. 100 Ochsenkarren Gold soll Siegfried geraubt und Hagen von Tronje im Rhein versenkt haben. War neulich im Fernsehen. Aber niemand weiß, wo. Schatzsucher und Wissenschaftler suchen danach. Ein Germanenschatz wurde schon gefunden. Über 100 Gegenstände aus Metall, kiloweise Silber...“

„Aber wir haben hier keinen Rhein!" Die Mauseaugen blitzten in die Runde.

„Nein, haben wir nicht. Aber eine andere Sage. Und wie an der Nibelungensage ist an allen Sagen etwas dran. Es ist die Sage vom Zwergenkönig Penzel. Sein Königreich hatte der im Eidertal, also auch an einem Fluss. Er half dem Müller von Schmalstede nachts, sein Getreide zu mahlen. Die Müllersleute haben den Zwergen eine Falle gestellt, und dabei ist der Zwergenkönig ums Leben gekommen.“

„Ja und? Erzählst du uns jetzt Märchen? Jörgs Märchenstunde?“

„Halts Maul!" Jörg funkelte direkt in die grauen Mauseaugen. „Alle Sagen haben einen wahren Hintergrund. Wie Zwerge fühlten sich die kleinwüchsigen Menschen, als hier in unsere Heimat größere Menschen aus dem Norden einwanderten und sie verdrängten. So wie die Wikinger. Und sie haben ihre Schätze nicht freiwillig herausgegeben. Haben sie unter die Erde gebracht, vergraben. Der Zwergenkönig Penzel soll in einem goldenen Sarg begraben worden sein. Im höchsten Berg an der Eider, dem Penzelsberg. Und den wollen wir untersuchen!“

Einige wollten gleich los, aber Jörg bremste den Enthusiasmus.

„Nein. Erst müssen wir lernen, mit dem Detektor umzugehen. Das machen wir morgen, an der Badestelle. Um fünf geht es los.“

Der Jugendtreff in der Seestraße ist eine Einrichtung der Gemeinde Bordesholm. Die Außenwand ist um den Eingang herum mit Graffitis besprüht. Der offene Bereich ist von Dienstag bis Freitag zwischen 16 und 20 Uhr geöffnet. Willkommen ist jeder im Alter von 12 bis 19 Jahren. Alles ist freiwillig. Über die allgemeine Öffnungszeit hinaus gibt es Arbeitsgruppen und Interessengemeinschaften zu allen möglichen Themen. Im Gebäude, das von außen einem Einfamilienhaus ähnelt, ist überraschend viel Raum. Es gibt eine Vielzahl von

Spielen. Tischfußball, Darts, Billard, Tischtennis, Brettspiele und Kartenspiele finden immer ihre Nutzer. Auf den Rechnern im PC-Raum sind zahlreiche Spiele installiert. Natürlich kann man sich mit Freunden im Chat treffen. Auch für schulische Aufgaben werden die Computer gelegentlich genutzt. Textverarbeitungs- und Tabellenkalkulationsprogramme stehen zur Verfügung. An den Skandal im PC-Raum erinnern sich nur noch wenige. Kinder hatten sich auf den Bildschirmen Pornos angesehen. Das war Eltern zu Augen und Ohren gekommen. Schon war der Jugendtreff zur Pornohöhle geworden. Der Leiter musste Ermittlungen ertragen und im Jugendausschuss der Gemeinde Rede und Antwort stehen. Als eine besorgte Mutter vorschlug, auf den Rechnern alle einschlägigen Suchwörter zu sperren und Anti-Porno-Software zu installieren, schlug ihr der Pädagoge vor, zu Hause einmal Schulmädchen oder Hausfrau in die Suchmaschine einzugeben. Sie würde ihr blaues Wunder erleben.

Die Bässe begannen wieder zu hämmern. Nach Jörgs beeindruckendem Auftritt war Sandra in die Küche gegangen. Um den großen Küchentisch herum standen eine Menge Stühle. Dazwischen saß sie. Ja, zwischen allen Stühlen fühlte sich Sandra. Jörg schlenderte herein und setzte sich ihr gegenüber an den Tisch. Er lächelte zufrieden. Siegessicher fragte er:

„Gehen wir noch eine Pizza essen. Nachher?"

„Weiß nicht. Weiß wirklich nicht."

„Was ist denn los?"

„Du fragst? Als ob ich eine Affäre hätte! Von Vielkerlerei halte ich nichts!"

Jörg schluckte schwer. Mit diesem Ausbruch hatte er nicht gerechnet.

„Ich wünsche mir doch nur einen Partner, für den ich alles bin. Bei dem ich alles sein kann und der alles für mich ist. Welche Frau möchte schon die ganze Zeit an der Leine laufen."

„Bei mir brauchst du das nicht."

Jörg war aufgestanden. Er wischte mit seiner breiten Handfläche über die vom Kochen leicht beschlagene Scheibe. Sein Spiegelbild war verzerrt.

„Ich sehe nicht klar. Hat es keinen Zweck mit uns beiden?"

Sandra schwieg.

„Willst du gleich zu Tom? Hast dich deshalb so schick gemacht?"

Sandra walkte ihre Tasche durch und blickte auf das Fenster.

„Was ist dabei? Wenn einer Lederstiefel und Lippenstift mag?", brach es aus ihr heraus.

„Ich liebe dich am meisten in deinem verwaschenen Pyjama!"

Sandra musste lachen. Stimmte ja. Ihr Sex war gut gewesen. Meist heimlich. Im Hexenhaus bei der Vogelwiese. Einmal sogar bei ihr zu Hause, als die Eltern nicht da waren. Da hatte er sie wohl im Pyjama gesehen. Lange her. Ja, so war er, Jörg. Oberflächlich und sprunghaft. Und nur das Eine im Kopf. Nachdenklich, wie für sich, sagte sie: „Ich glaube, wir haben uns auseinander gelebt. Ich sehe keine Zukunft für uns beide."

Jörg schüttelte ganz langsam den Kopf. Durch die Zähne zischte er: „Nein! So entkommst du mir nicht. Du wirst bei mir bleiben. – Und diesem Tom sag bitte, er soll hier nicht mehr herkommen. Das ist mein Revier!"

17.

„Warum befragen Sie eigentlich ausgerechnet mich über Monas Tod?"

„Das können Sie sich doch denken, Jana. Sie waren schließlich ihre beste Freundin."

„Woher wollen Sie das wissen?"

Die Kommissarin ging nicht auf die Frage ein.

„Warum so abweisend? Ich befrage alle Personen aus Monas näherem Umfeld. Also auch Sie. Schließlich war es eine furchtbare Sache. Ich nehme an, wir sind alle an der Aufklärung interessiert. Was meinen Sie, war es Mord oder Selbstmord?"

„Ich denke, Sie von der Polizei haben doch schon lange entschieden, es war Selbstmord. Sie werden schon Ihre Gründe dafür haben. Was soll die Fragerei dann noch?"

„Sie glauben also auch an Selbstmord?"

„Ich glaube überhaupt nicht. Ich gehe nicht mal in die Kirche."

„Soviel ich weiß, haben Sie sich doch konfirmieren lassen."

„Haben Sie in meinem Leben geschnüffelt?"

„Muss ich das nicht, wenn Sie selbst in solchen Kleinigkeiten die Unwahrheit sagen?"

„Das mit der Konfirmation war was anderes."

„Können Sie das etwas genauer erklären?"

„Alle gingen hin. Alle meine Freunde. Auch Mona. Außerdem gab es Geschenke."

„Erinnern Sie sich an Ihren Konfirmationsspruch?"

„Sollte ich das? Ist doch Papperlapapp."

„*Lasst uns nicht lieben mit Worten, sondern mit der Tat und mit der Wahrheit*[3], lautete er".

„Beim Pastor waren Sie auch schon?"

„Sie haben mir meine Frage noch nicht beantwortet: *War es Mord oder Selbstmord*?"

„Ich bin wie Sie für Selbstmord."

„Eben klangen Sie noch nicht so überzeugt."

„Ach, ist mir egal. Mord klingt so brutal. Da ist mir Selbstmord lieber."

„Lieber?"

„Ja. Dann wird wenigstens nicht noch monatelang nach einem Mörder gesucht."

„Haben Sie Angst davor?"

„Ich? Angst? Wollen Sie mir was anhängen? Nein. Ich möchte nur, dass die Sache abgeschlossen wird. Selbstmord. Oder Unfall. Ja, warum spricht eigentlich keiner von einem Unfall? In den Graben gestolpert, ertrunken. Vollgepumpt mit Alkohol und Drogen. Schluss aus. Ihre Mördersuche hilft ihr auch nicht mehr."

„Was finden Sie eigentlich schlimmer, Mord oder Selbstmord?"

„Mord natürlich."

„Es wäre Ihnen lieber, Ihre Freundin hätte so unsäglich gelitten, dass sie sich in ihrer Verzweiflung am Ende das Leben genommen hat?"

„Ich fände es schlimm, wenn jetzt noch Unschuldige unter Verdacht gestellt würden. Den wahren Täter finden Sie ohnehin nicht."

„Das klingt, als wüssten Sie mehr als Sie sagen?"

„Ich meine doch nur, Sie rennen jetzt bestimmt dem armen Tom die Bude ein, verdächtigen ihn und geben all den Leuten Wasser auf die Mühle, die ihn ohnehin hassen. Ich sag Ihnen, er war es nicht. Er hat sie wirklich geliebt. Leider."

„Leider?"

„Ja. Ich gebe zu, ich war mal eifersüchtig."

„Und heimlich lieben Sie ihn immer noch und würden ihn auch schützen, wenn Sie vermuten, dass er ..."

„Nun hören Sie doch auf! Er war es nicht. Ich weiß das."

„Was wissen Sie?"

„Ich weiß, dass er am Ende noch wegen der Geschichte seine Arbeit verliert, wenn Sie so weitermachen."

„Was wissen Sie?"

„Ich sage jetzt gar nichts mehr."

„Doch, Sie sagen mir noch, wo Sie zur Tatzeit abends zwischen 20 und 24 Uhr gewesen sind."

„Jetzt soll ich es auch noch gewesen sein?"

„Keiner behauptet oder vermutet so etwas. Aber das muss ich alle fragen, die Mona gut gekannt haben."

Jana fing an zu heulen.

„Aber Jana!"

„Nichts ,Jana!'. Schluss damit! Ich sag jetzt gar nichts mehr. Schluss, Schluss!"

Erika Friedberg versuchte, sie zu beruhigen. Vergebens. Warum heulte sie? War es echt? Angst? Verzweiflung? Wut? Oder nur Ablenkung, Mitleidsuche? Sie brach die Befragung ab. Das Mädchen tat ihr leid.

„Sehen Sie, ich mag ihn doch auch, diesen Tom. Ist ein netter Kerl, glaube ich. Hat viel Pech gehabt. Und nun auch noch das."

Sie machte eine Pause, um zu sehen, wie ihre Worte auf Jana wirkten. Jana stützte die Ellenbogen auf den Tisch, vergrub ihren Kopf zwischen den Händen und schluchzte.

Als die Kommissarin merkte, dass die junge Frau so nicht zu gewinnen war, gab sie auf.

„Nun beruhigen Sie sich erst mal. Und wenn Sie mir irgendwann doch noch etwas anvertrauen möchten, hier meine Karte. Rufen Sie mich einfach an oder schicken Sie eine SMS."

18.

Der Schützenzug bewegte sich langsam vom Blöcken über den Steenredder auf den Bahnhof zu. Bei Getränke Hoffman erfolgte der erste Halt. Der Schützenmajor befahl den Gewehrträgern „Gewehr ab!" und den Vogelträgern „Vogel ab!". So standen sie nun friedlich nebeneinander, der Vogel und die Waffen, mit denen am morgigen Tag auf ihn gefeuert werden würde. Dem Zug grünuniformierter Männer befahl der Major „rechts um!", und da kamen die Tabletts mit Getränken schon auf die Schützen zu. Auch der Schützenkönig und seine Königin, die in der Kutsche vorneweg fuhren, und die Blaskapelle wurden versorgt. Ein fröhliches „Prost", ein Schluck, „Links um!", und schon ging es weiter. Der Blick des Bürgermeisters, dessen Uniformjacke etwas spannte, glitt über das ehemalige Brüggen-Gelände. Ein Turm stand noch, voller Antennen. ‚Dass sich darüber niemand aufregt. Will man in freies Gelände einen Antennenturm bauen, erhebt sich sofort Widerstand. Als ob die Strahlen von dem alten Silo aus eine andere Wirkung hätten als von einem neuen Turm. Sie organisieren sich mit den Handys, gegen deren Strahlung sie demonstrieren‘, dachte der Bürgermeister. Die Brüggen - Fläche lag noch kahl vor dem Schützenzug, nur an der großen Getreidehalle, in die der Edeka Neukauf Markt einziehen sollte, wurde gearbeitet. Nach der Planung hatten dort längst Gebäude stehen sollen. Der Schützenzug trennte sich nun von dem Pferdegespann. Auch die Majestäten mussten per Pedes durch die Fußgängerunterführung. Im Einkaufsbereich würde es dann noch einige Male „Abteilung Halt!" heißen. Als das überstanden war und der Zug durch den Kreisel in die Bahnhofstraße marschierte, sah der Bürgermeister sie. Hätte ihn jemand beobachtet, er hätte gesehen, wie sein Gesicht flammend rot wurde. Seine Stimmung, bis dahin gelöst und heiter, trübte sich schlagartig. Starr geradeaus stierte er in den rasierten Nacken seines großen Vordermannes. Automatisch hielt er den Gleichschritt seiner Schützenkameraden, fühlte sich sicher in ihrem Schutz.

‚Was will sie hier? Mir erneut drohen? Oder mir nur Angst einjagen? Ist doch alles nur dummes Zeug mit dem Kind.‘ Wie im Film liefen die Ereignisse nochmal vor seinem inneren Auge ab. Es war auf der Karnevalsfeier im Hotel Carstens gewesen. Sie war zu ihm gekommen, hatte ihn zum Tanzen aufgefordert. Obwohl Damenwahl gar nicht angesagt war. Leicht hatte sie sich angefühlt, anschmiegsam und jung. Sie hatte ihm geschmeichelt, er sei ein guter Bürgermeister, und sie stünde auf Männer mit grauen Schläfen. Sie bewundere Autorität und gehorche ihr. Als seine Frau an die Sektbar verschwunden war, hatte er sie noch einmal zum Tanzen aufgefordert. Er erkundigte sich vorsichtig danach, wer die junge Frau sei. Ihren Namen kannte keiner seiner Freunde, aber sie sei aus einer der Jugendwohngemeinschaften und mit der Tanzgruppe des Sportvereins auf dem Fest.

Dann hatte er die Unbekannte lange nicht gesehen und wohl auch vergessen. Aber als die lettische Delegation im Gewölbekeller unter dem Klosterstift gefeiert wurde, war sie plötzlich wieder da, stand am Buffet neben ihm und himmelte ihn an. Er hatte an diesem Abend die Schlüsselgewalt, musste den historischen Raum abschließen und den Schlüssel, der am nächsten Tag gebraucht wurde, im Rathaus abgeben. Nach der herzlichen Verabschiedung der Gäste stand sie wieder neben ihm und fragte unschuldig, ob er ihr nicht den Raum noch einmal zeigen und erklären könne. Nach kurzem Zögern und einem Rundumblick zog er sie in den Flur, schloss die Tür ab und löschte das Licht im Eingangsbereich. Als sie nebeneinander die Treppe in den Keller hinab stiegen, schob sie ihre kleine Hand in seine. Er hörte sich erzählen von Chorherren und Klosterschülern, vom unterirdischen Tunnel und dem Kreuzgang, von Marienverehrung und Meister Brüggemann, während sie sich immer enger an ihn schmiegte. Auf dem Tisch mit dem Modell der Klosterkirche hatten sie sich dann geliebt. Zärtlich zunächst, dann immer leidenschaftlicher. In die lange Stille danach hatte sie ‚Danke' gesagt, war leichtfüßig aufgesprungen, die Treppe hinauf zur Tür, in der der Schlüssel steckte, und verschwunden. Wochen danach erreichte ihn ein Brief. ‚Persönlich / Privat' stand darauf. Die Sekretärin überreichte ihn mit spitzen Fingern. Darin vermeldete sie in sachlichem Ton, dass sie schwanger sei und von ihm wissen möchte, wie er ihr helfen wolle. Sie könne die Sache auch öffentlich machen. Das war jetzt einen Monat her. Er hatte wie in Starre nicht auf den Brief reagiert, ihn nur immer wieder geöffnet und gelesen. Und nun war Jana auf dem Schützenfest.

„De Börgermester dröömt!" Der Schützenmajor sprach ihn unter dem Gelächter der Kameraden an. Er hatte den ‚Halt'-Befehl überhört und war seinem Vordermann in die Hacken gelaufen. Jetzt gab es einen neuen Schnaps. Er nahm gleich zwei. Bis zum Ziel des Schützenzuges, der alten Gerichtslinde, waren es zehn Stationen gewesen. Bei Schlachter Bracker hatte es allerdings leckere Weißwürste gegeben. Unter der Linde warteten die Sänger der Liedertafel und Publikum auf das Vogeldinggericht, das einer der Schützenbrüder jetzt halten würde. Nach einigen Liedern des Chores war es die Aufgabe des Vogeldingrichters, kommunale Ereignisse aufs Korn zu nehmen und sie zu beurteilen. Das tat er in breitem holsteinischem Plattdeutsch, der Amtssprache der Liedertafel. Heiter lobte der Dingrichter hier, tadelte da und sparte nicht mit deftigen Scherzen. Aber plattdeutsch ist ja die Sprache mit runden Ecken. Auch Kantiges kann gesagt werden, ohne dass der Sprecher aneckt. Und so kam der Vogeldingrichter zum Kern seines diesjährigen Vortrages, indem er ausrief, die Mitleidstour der Gutmenschen, die Verbrecher nicht für ihre Taten büßen lassen wollen, sondern sie als Opfer von gesellschaftlichen Umständen bezeichnen, „...geiht mi an,n Moors vörbi!" Sofort brandete Beifall unter den Zuschauern auf. Einige hundert waren in diesem Jahr gekommen, um dem Dinggericht beizuwohnen und am folgenden Bürgertreff teilzunehmen. Der Applaus und auch einige zaghafte Pfiffe, die er nicht so genau lokalisieren konnte, reizten den Dingrichter, von seinem Blatt aufzuschauen und in freier Rede fortzufahren. „Wi bruukt in uns schönet Borsholmer Land keen Ganoven ut de Grootstadt. Nich achter Gitter un eerst recht nich op Friegang. Wat sik hier begeven hett, siet dat dissen openen Straafvolltog bi uns gift, dat geiht op keen Kohhuut. Dat is in de letzden 100 Johr nich vörkamen. Open Straafvolltug! Wat een Tüderkraam. Wokeen een Deern vergewaltigt, een Oma beklaut oder eenen doot sleit, de höört inn Knast. Achter verslaaten Dören. Un nich ünner Minschen!" Der Applaus steigerte sich. Aber auch vereinzelte Pfiffe und Buhrufe wurden lauter. In der Menge war kaum zu lokalisieren, woher die Missfallenskundgebungen kamen. Aber plötzlich klatschte eine Tomate an das urige Rednerpult des Dingrichters. Der ließ sich davon aber nicht beirren, sondern kam nach dem Höhepunkt seiner

Rede schnell zum Schluss. Nun sang man gemeinsam mit der Liedertafel das Schleswig-Holstein-Lied. Beim Refrain „Schleswig-Holstein, stammverwandt, bleibe treu, mein Vaterland" erklangen wieder einige Pfiffe.

Der Bürgermeister war der erste, der dem Dingrichter überschwänglich zu seiner Rede gratulierte. Gemeinsam strebten sie dem Bierwagen zu.

„Bös trockene Kehle von der Rederei", sagte der Dingrichter.

„Ja, du hast dir auch einen guten Schluck verdient", lobte der Bürgermeister.

Schnell waren sie von grünuniformierten Kameraden umringt. Das Bier floss in Strömen. Die Alt Duvenstedter Feuerwehrkapelle spielte aus Leibes Kräften. Man tauschte sich über das Dinggericht aus, traf Bekannte, lachte und freute sich auf das Vogelschießen. Am morgigen Tag würde der von der Zimmerei „Holzwurm" sorgfältig verleimte Vogel für die vom Dingrichter angeprangerten Sünden büßen müssen. Stück für Stück würden die Schützen in festgelegter Reihenfolge von ihm abschießen, bis schließlich demjenigen, der den letzten Rest vom Mast abschoss, die Würde des Schützenkönigs zufiel.

Als der Bürgermeister sich mit einem vollen Bierbecher in der Hand auf den Weg zum Stand der Landfrauen machte, um sich dort einige der üppig belegten Schnittchen einzuverleiben, hörte er neben sich eine weiche, feine Stimme:

„Willst du mir nicht antworten? Und mich auch nicht sehen?"

Fast panisch blickte er in das Gesicht des jungen Mädchens, das sich wie selbstverständlich bei ihm einhakte.

„Doch! Natürlich! Aber ich dachte, dass du dich sicher getäuscht hast..." Er brach unsicher ab.

„Nein, nein. Ganz sicher nicht. Wie sagt Stefanie in ihrem Imbiss immer: Es ist wie es ist. Wenn du möchtest, kannst du gleich eine Kostprobe davon haben, was geschieht, wenn du nicht mit mir darüber redest, wie es weiter gehen soll." Damit löste sie sich von ihm, trat schnell an den Landfrauenstand heran, betrachtete kritisch die Auslage und bestellte dann mit lauter, klarer Stimme:

„Eins mit Käse, eins mit Mettwurst und eines mit Ei für meinen Schatz. Damit der stark bleibt. Und eines mit Käse für mich."

Die verdutzten Frauen belegten Papptabletts mit den gewünschten Broten. Jana nahm eines und reichte es dem Bürgermeister.

„Iss schön und trink nicht zu viel, damit du fit für mich bleibst, mein Schatz", sagte Jana und fügte leise hinzu: „Also überleg es dir. Genau. Ich lass dich jetzt mit deinen Freunden allein. Tschüss. Und vergiss nicht zu bezahlen."

„Was war das denn?" Aus den Landfrauen platzte die Neugier heraus. Aber der Bürgermeister gab sich betont lässig:

„Nur einer meiner vielen weiblichen Fans. Nichts Wichtiges." Er bezahlte die Rechnung und eilte wieder zum Bierstand. Von dort her aber ertönte ein lauter Knall. Die Musik verstummte vor Schreck. Der Bierwagen war umgestürzt, Gläser, Flaschen, Fässer, alles polterte durcheinander. Dazwischen rappelte sich das Bedienungspersonal auf. Später berichtete der Wirt:

„Ein Pulk Jugendlicher, die ich nicht kenne, belagerte eine Seite des Wagens und bestellte Bier. Ich hörte das Kommando, als sie anfingen, den Wagen hin und her zu schaukeln. Dann hoben sie ihn an und kippten ihn um, bevor ich aus dem Stand heraus kam, um dazwischen zu gehen."

Einige jüngere Schützen verfolgten die Täter, aber die schienen alles genau geplant zu haben. Sie verteilten sich und nutzten alle möglichen Fluchtwege. Am Klosterstift vorbei hinunter zum See, wo Fahrräder bereit standen, über den Amtmannspark, durch die erstaunten Menschen hindurch zur Wildhofstraße und am Friedhof entlang. Geschnappt wurde keiner. Durch die Aktion verletzt glücklicherweise auch nicht. Nur der Vogeldingrichter hatte sich den kleinen Zeh gebrochen, wie sich später herausstellte. Er war von einer aus dem Bierwagen fallenden Kornflasche getroffen worden.

19.

Das würde Punkte bringen. Keiner hatte es ihm zugetraut. Sandra hatte ihn ausgelacht, als er die Idee hatte. Doch Jörg hatte es geschafft, den Schmalsteder Fischer zu überreden, dass er mit seinen Freunden vom Jugendtreff am Wochenende vor dem Harleytreffen am Schmalsteder Mühlenteich feiern durfte. Aber er hatte es auch geschickt eingefädelt. Hatte den Bürgermeister als Fürsprecher und Bürgen gewonnen. Bedingung: Die Jugendlichen mussten danach den Partyplatz für das Bikerereignis herrichten. Eine Hand wäscht die andere.

Die Tage vorher liefen die Vorbereitungen auf vollen Touren. Und das Wichtigste: Sandra machte mit. Zusammen mit Jörg machte sie eine Einkaufsliste, bestellte Würstchen, Grillfleisch, Baguettes und Getränke. Sie organisierte es, dass die Mädels Salate machten. Jörg beschaffte von Ekkehardt Ehlers, dem Sprecher der Bürgerinitiative ‚Bordesholm steht auf‘, ein großes Partyzelt, brachte den Grill auf Vordermann und sorgte für Musik. Am Nachmittag wurde unter Jörgs und Sandras Leitung alles aufgebaut.

„Schön, dass wir endlich mal wieder etwas zusammen auf die Beine gestellt haben“, sagte er zu Sandra, als sie fertig waren. „Hat richtig Spaß gemacht.“

„Ja, hat wirklich alles bestens geklappt bisher.“

„Bleibst du gleich hier?“

„Nein ich geh noch mal nach Hause. Will mich noch umziehen.“

„Na, dann bis gleich. Ich freu mich.“

„Bis dann!“

Jörg setzte sich auf die Ruderbank des alten Kahnes, den sie am Ufer mit Erlaubnis des Fischers als Sitzgelegenheit hergerichtet hatten. Er betrachtete noch einmal, was sie alles für den Abend aufgebaut und vorbereitet hatten: Das Zelt, den Partyschuppen der Biker mit seinem riesigen Holztisch, den Getränketresen, Lichterketten – freilich noch ebenso ausgeschaltet wie die Musikanlage - alles wie geplant. Noch eine Stunde, und es würde losgehen. Sein Blick ging über den kleinen See, den Mühlenteich. Mücken schwirrten über dem Wasser, Schwalben jagten im Tiefflug nach ihnen. Eigentlich kein gutes Zeichen. Aber das Wetter schien noch einmal mitzuspielen. Laut Wetterbericht sollten erst gegen Morgen erste Gewitter aufziehen. Alles versprach, dass es noch einmal ein herrlicher Sommerabend werden würde.

Und dann, als alles so gut vorbereitet schien und er sich freute, endlich wieder einmal mit Sandra zusammen ein tolles Fest zu feiern, kam die große Enttäuschung:

Als er mit dem Fischer zusammen noch einmal einen Kontrollgang machte und die letzten Einzelheiten absprach, kreuzte Tom auf. Nur Tom. Sonst sah er niemanden vom offenen Vollzug. Hoffentlich blieb es dabei. Der Fischer hatte es zur Bedingung gemacht, dass nur Leute vom Jugendtreff kommen sollten. Natürlich auch eingeladene Gäste. Aber auf keinen Fall „die Bande von der B4", wie die Jugendlichen vom B4-Haus bisweilen genannt wurden. Und nun ausgerechnet ihr Anführer Tom.

Natürlich fiel er sofort auf mit den Tätowierungen, die an allen Seiten aus seinem Muscleshirt herauszuranken schienen.

Ekkehardt Ehlers kam auf sie zu.

„Ist das nicht der Anführer der Knastis von der B4?", fragte er und blieb stehen. „Was will der hier? Macht der etwa mit?"

„Eigentlich nicht", antwortete Jörg, dem es sichtlich unbehaglich wurde.

Der Fischer schaute zu Tom hinüber, der an dem Ablauf vorbei am Ufer entlang zu dem kleinen Spielplatz hinüber schlenderte.

„Das ist gegen die Verabredung", schimpfte Ehlers. „Die Bande will ich hier nicht sehen."

Er drehte um und ging ihm nach.

„Hallo, junger Mann", rief er. „Kennen wir uns? Was hast du hier zu suchen?"

Tom dreht sich um und wollte etwas sagen. Aber in dem Augenblick tauchte Sandra auf. Sie ging auf Jörg und Ehlers zu.

„Guten Abend Herr Ehlers!", sagte sie höflich. „Das ist Tom Berloni. Ist schon in Ordnung. Wir sind gut befreundet. Ich hab ihn eingeladen."

Ehlers zögerte einen Moment.

„Wenn das so ist, OK. Dann mache ich eine Ausnahme. Weil du es bist", lenkte er ein. „Aber bitte nicht noch mehr von denen drüben." Er wies mit einer kurzen Armbewegung über den Mühlenteich in Richtung B4.

„Nein, keine Angst. Und außerdem, Sie können ganz beruhigt sein. Tom ist OK. Meinen Sie, ich hätte ihn sonst eingeladen?"

Ehlers gefiel das nicht. Auch der Fischer hatte ein ungutes Gefühl. Zu oft waren die verfeindeten Jugendgruppen bereits an einander geraten. Aber er schwieg. Zusammen mit Jörg und Ehlers ging er zum Haus zurück.

„Na, dann gutes Gelingen!", verabschiedete sich Ehlers von den jungen Leuten.

Jörg schwieg. Für ihn war der Abend gelaufen.

20.

„Na Schulze, wie geit di dat? Willst ook noch mol wedder mit de jungen Lüd fiern?"

„Wär nicht schlecht."

Der Fischer nahm den Feldstecher von der Fensterbank und reichte ihn seinem Gast.

„Schau sie dir an."

Schulze nahm das Glas und richtete es auf die Jugendlichen auf der Partywiese am Mühlenteich.

„Da möchte man wirklich noch mal zwanzig sein", sagte er nachdenklich und gab es seinem alten Freund zurück.

„Und so verliebt wie damals."

„Daran sollte es nicht fehlen! Schau sie dir doch an, die Mädels, sag ich doch! Da zuckt es einem ja in den Gliedern! Ich verlieb mich sowieso jede Woche neu. Sogar beim Fernsehen. Ich glaube, das wird immer schlimmer mit mir."

„Hast doch so eine tolle junge Frau!"

„Ist schon wahr, das hält ganz schön jung."

„Je mehr er hat, je mehr er will."

Der Fischer hatte es sich mit dem Bürgermeister auf der Bank bei einer Flasche Bier vor der alten Mühle gemütlich gemacht und sie schauten dem Treiben am See zu.

„Ich hatte immer gedacht, Sandra und Jörg wären zusammen. Ist das aus?"

„Scheint so."

„Dabei haben sie zusammen alles so schön vorbereitet, die beiden. Und jetzt sitzt er da ganz allein."

„Was soll er tun, wenn sie mit diesem Tom rummacht?"

„Ist uns doch damals auch mehr als einmal so gegangen."

„Denkst wohl an Frieda?"

„Die auch. Kennst sie ja, der hast du doch auch mal den Hof gemacht."

„Hab sie dir nicht ausgespannt."

„Das hättest du aber auch bereut. Erinnerst du dich an den Enno? Vor Angst ist er in den See gesprungen, als ich auf ihn losging, damals."

„Und dann tauchte Karl auf, und du warst abgemeldet."

„Ja. Und noch ein paar andere, bevor du dran warst."

„'Dran warst' ist gut. So weit wie du hab ich es gar nicht erst gebracht. War eigentlich nur das eine Seefest damals."

„Die hatte immer mehrere Eisen im Feuer."

„Lauter Strohfeuer."

„Und einer nach dem anderen hat sich die Finger daran verbrannt."

„Aber alle fanden wir sie gut."

„Stimmt."

Die hübsche Fischertochter brachte ihnen frisches Brot, Mettwurst und Schinken.

„Brauchst sie gar nicht so anzugaffen. Alter Lüstling!"

„Schaust du weg, wenn du was Schönes entdeckst?"

„Ich weiß, dass sie schön ist. Weiß sie leider auch selbst."

„So ist das mit der schönen Müllerin."

„Wird sie so genannt?"

„Klar. Und besungen."

„Also nimm dich in Acht", spöttelte der Besitzer der alten Wassermühle. „Weißt ja, wie das endet."

„Nicht so genau."

„Wirklich nicht?"

„Erzähl!"

„Der Liebhaber geht am Ende in den Bach[4]."

„Hinterher oder vorher?"

„Anstatt."

„Und? Tot?"

„Tot."

„Aber er hatte sie sicher nicht nur angeschaut wie ich eben."

„Ich könnte mir vorstellen, am Anfang hat er auch so geguckt wie du eben."

„Und dann ist er zudringlich geworden und sie hat ihm eine geknallt."

„Nein, nicht sofort. Sie hatte gerade keinen anderen, und da hat sie erst mit ihm rumgemacht, es sich dann aber anders überlegt, als ein schicker Jäger daherkam."

„So einer wie Berloni?"

„Wer ist das nun wieder?"

„Na der Tom da drüben."

„Berloni heißt der?"

„Tom Berloni."

„Der sollte mal kommen und sich an meine Tochter ranmachen. Dann ging er aber selber ganz schnell in den Teich, das sag ich dir."

„Am besten, du wartest nicht zu lange. Nicht dass wir deine Tochter auch noch unter der Lügenbrücke finden."

„Sprichst du von der Apothekertochter?"

„Ja. Entschuldige. War ein Ausrutscher. Hätte ich mir verkneifen sollen. Aber im Vertrauen, ich glaube immer noch nicht, dass die so ganz freiwillig ins Wasser gegangen ist."

„Du meinst, der da drüben hat ein bisschen nachgeholfen?"

„Sie soll ja schwanger gewesen sein. Aber ich hab nichts gesagt."

„Fürchtest wohl um dein Amt?"

„Lass gut sein. Schwangere sind ja schließlich zu allem fähig."

„Sprichst wohl aus Erfahrung?"

Schulze schaute seinen Jugendfreund an. Wusste der was?

„Ach, ich dachte nur an die Hormone. Da soll dann ja alles auf dem Kopf stehen."

„Nicht nur dann, möchte ich sagen."

„Aber schön sind sie doch."

„Da sagst du was."

„Und ohne diese komischen Hormone, wer weiß, ob wir dann überhaupt noch an sie rankämen ..."

„Na ja, Irgendwann ist auch das für uns vorbei."

„Doch die Hoffnung stirbt zuletzt."

„Prost! Auf die Hoffnung!"

„Auf uns!"

„Ah, das tut gut."

„Und dann der Schinken dazu!"

„Und das tolle frische Brot? Backt ihr das selbst?"

„Manchmal ja. Aber das hier stammt von der Bäckerei drüben im Gewerbegebiet."

„Schmeckt aber wie selbst gebacken, frisch aus dem Ofen."

Die beiden lehnten sich genüsslich zurück an die Hauswand und ließen es sich gut gehen.

21.

Inzwischen war Ekkehardt Ehlers dazugekommen.

„Wir sollten auf diesen Typen aufpassen. Der gefällt mir nicht", sagte er, als er bei dem Fischer und dem Bürgermeister an der Mühle ankam. „Wie kann so eine nette Deern sich mit so einem verkommenen Subjekt einlassen. Ist das etwa ihr Freund? Nee, das will ich mir lieber nicht vorstellen. Eine Schande, so ein süßes blondes Kind mit so einem versauten Tätowaren! Das tut weh."

Die beiden reagierten nicht auf seine Bemerkung.

Plötzlich sprang Schulze auf und zeigte aufgeregt mit dem Arm zur Pferdekoppel am Seeufer.

„Seht ihr das? Sieht aus wie eine Prügelei."

Ehlers griff zum Feldstecher.

„Wahrhaftig. Hätte man sich ja gleich denken können. Natürlich der Knasti. Guck!"

Er reichte dem Bürgermeister das Fernglas. Dann hörte man entsetzte Schreie. Ein Junge fiel zu Boden und zwei Burschen rannten am Ufer entlang davon.

Ehlers nahm sich wieder das Fernglas.

„Der am Boden scheint verletzt zu sein. Einer ist hinter dem Knasti her und verfolgt ihn."

Man hörte Hilferufe.

„Ich ruf die Polizei."

Der Fischer lief ins Haus.

„Und gleich den Krankenwagen dazu!", rief ihm Schulze nach. „Ich glaube, der am Boden scheint verletzt zu sein. Ich glaube, er blutet ziemlich."

Doch plötzlich lenkte ganz etwas anderes Schulzes Aufmerksamkeit auf sich. Am Rande der aufgeregten Gruppe entdeckte er Jana. Sie schien sich wenig für den Verletzten zu interessieren, sondern sah die ganze Zeit den beiden davonlaufenden jungen Männern nach. Schließlich entfernte sie sich von den anderen und ging ihnen langsam nach.

Schulze glaubte lautes Rufen zu hören. Von weiter weg. Schwer zu entscheiden, ob es vom verdeckten Seeufer oder von irgendwo in Richtung der früheren B4 her kam. Dichtes Buschwerk und Weidenbäume verdeckten die Sicht.

Minuten später waren Polizei und Johanniter zur Stelle.

Die Verletzung war nicht gefährlich. Messerstich im Oberarm. Sanitäter legten einen Verband an und nahmen den Jungen vorsichtshalber mit zum Notarzt.

Keuchend tauchte Jana auf, das blutige Messer in der Hand.

„Ich bin ihm gefolgt. Als ich an ihn herankam, drehte er sich um, ging auf mich zu, bedrohte mich mit dem Messer und schrie ‚Hau ab!'. Ich hatte keine Angst. Ich wusste, er würde mir nichts tun. Bin ganz ruhig auf ihn zugegangen und habe ihm das Messer aus der Hand genommen. Widerstandslos ließ er es geschehen. Dann drehte er sich um und entfernte sich."

Das Messer gab Jana der Polizei. Ihre Aussage wurde im Polizeiwagen aufgenommen.

Fischer und Bürgermeister waren inzwischen dazugekommen und sprachen mit einem der Polizisten.

„Na Baumgarten, morgen wieder Anlass für die Spießer, gegen den offenen Vollzug in Bordesholm zu demonstrieren?", sprach der Bürgermeister den Polizisten an.

„Könnte ich mir vorstellen. Kann man ihnen ja nicht einmal verübeln."

„Alle wissen, dass ich auch meine Schwierigkeiten mit so einer Einrichtung habe", kam es aus dem Munde des Bürgermeisters. „Erst verurteilen, dann Freigang und ein neues Verbrechen. Liest man ja immer wieder. Wie soll ich das den Leuten verkaufen? Man kann es denen ja nicht verübeln, dass sie sich aufregen."

„Richtig. Wozu denn überhaupt erst die Verurteilung, wenn man die Knastis dann doch frei rumlaufen lässt, statt sie einzusperren?"

„Stimmt", räumte Schulze ein, „aber erstens war das kein Knasti mit Freigang. Und außerdem haben wir in Bordesholm im offenen

Strafvollzug nur ausgesuchte jugendliche Straftäter, die ihren Weg zurück in unsere Gesellschaft finden sollen und denen man das zutraut."

„Richtig", bestätigte Erika Friedberg, die hinzugekommen war. „Vor allem sollte man sich erst einmal den Bericht vom Tathergang ansehen. Es kann ja auch Notwehr gewesen sein."

„Notwehr? Sah eigentlich nicht so aus", mischte sich Ehlers ein. „Ich hab es ja durchs Glas beobachtet."

„Von Anfang an?"

„Natürlich erst, als der Lärm entstand."

„Also, lieber Ehlers, wissen Sie überhaupt nicht, wie es angefangen hat. Und was für Worte gefallen sind ebenso wenig. Bedenken Sie: Zunächst gilt immer die Unschuldsvermutung."

Die Kommissarin ging hinüber zu der Gruppe von Jugendlichen, die noch dageblieben war und heftig diskutierte.

„Seh ich auch so. Keine Vorverurteilung, sage ich immer", rief der Fischer ihr nach.

Als sie gegangen war, sagte er zu der verbliebenen Männergruppe:

„Ich kenne viele Leute, nicht nur so arme Schweine wie die da drüben", und wieder wies seine Hand hinüber zur Landstraße, „sondern äußerlich honorige Bürger, denen ich so manches zutraue. Und bin auch sicher, dass sie trotz Anzug und Schreibtisch vorm Bauch was auf dem Kerbholz haben. Aber schwer, denen was zu beweisen …"

„Sprichst du etwa von meinem Rathaus?", fragte Schulze scherzhaft.

„Hatte ich diesmal ausnahmsweise nicht dran gedacht, aber da gibt es die auch. Bin ich sicher. Weiß ich sogar. Warum gehen die selbsternannten Baulöwen denn so gern in eine Partei und dann so schnell wie möglich in den Bauausschuss?"

„Gerade dieser Ausschuss muss mit kompetenten Vertretern besetzt werden. Und Kompetenz liegt nun einmal bei Leuten vom Fach."

„Und bei Parteifreunden, die ihre privaten Interessen wahrnehmen wollen."

„Nun mal nicht so vorschnell", beschwichtigte Schulze.

„Fühlst du dich ertappt? Das tut mir aber leid. – Nein, ehrlich, dich hatte ich nun wirklich nicht gemeint."

„Trage ja auch selten Anzüge."

„Bist auch eher der Wolf im Schafspelz", kam es lachend von Hansen, der, mit der Dienstmütze in der Hand, aus dem Polizeiauto herausgekommen war und sich zusammen mit seinem Polizeikollegen Kohnke zu den Männern stellte.

Da kam Jana auf die Gruppe zu.

„Ach ja, kommen Sie doch bitte mal her, Herr Wolf im Schafspelz, ich wollte Sie immer schon mal was fragen", rief sie dem Bürgermeister zu.

Alle lachten und drehten sich zu der hübschen Fragestellerin um.

Schulze war wie versteinert.

„Brauchst keine Angst vor mir zu haben", ermutigte sie ihn.

Dann versuchte er die Flucht nach vorne, ging auf die kleine Dorfschönheit zu, legte demonstrativ seinen Arm um sie und sagte, so, dass alle es hören sollten:

„Na, dann lass uns mal. Was hast du denn auf dem Herzen? Gehen wir doch in die gemütliche Hütte. Vielleicht finden wir da auch noch ein paar schöne Getränke für uns."

„Immer der gleiche Trick? Ohne Getränke geht es wohl nicht", flüsterte sie ihm ins Ohr. „Vielleicht auch noch ein kleiner Joint?"

Er führte sie mit einer schnellen Bewegung weg von den anderen in Richtung auf das verlassene Partyzelt.

„Bin gleich wieder da", rief er über die Schulter hinweg zurück, „aber lasst uns bitte mal einen Augenblick allein."

„Nur einen Augenblick?" - „Hast wohl ein Hühnchen zu rupfen?" - „Wirklich ein niedliches kleines Vögelchen!" - „Aber pass auf, eben war sie noch bei Tom!", schallte es hinter ihm durcheinander aus johlenden lauten Männerkehlen.

Als sie am Partyzelt ankamen, nahm Schulze zwei Bierflaschen aus einem der Kästen.

„Willst du auch eins", fragte er seine Begleiterin.

„Warum nicht?"

Er öffnete die Flaschen und ging mit ihr in den Partyschuppen.

„So, schieß los", sagte er, als sie an einem der beiden langen Holzbohlentische saßen.

„Du bist reichlich unvorsichtig", kam es von ihr.

„Wie meinst du das? Die kennen mich doch."

„Nicht so wie ich. Außerdem meine ich das nicht. Ich denke an damals."

„Geht es etwas deutlicher?", fragte er.

„Ich glaube, du weißt, wovon ich rede. Aber mehr noch. Ich weiß mehr als du denkst."

„Ich verstehe nur Bahnhof."

„Nein. Nicht Bahnhof, Lügenbrücke."

„Was gibt es da schon wieder?"

„Tu nicht so dumm. Immer bist du mit deinem Hund um den See gegangen. Über die Lügenbrücke und weiter. Seit damals gehst du nicht mehr da vorbei. Auch nicht mit dem Hund – mit dem gehst du jetzt lieber kurz vorher rechts hoch, den oberen Weg zurück, am Hünengrab vorbei und dann, vor der Vogelwiese, über den Parkplatz in den Wildpark und zurück zum Auto."

„Na und?"

„Und mit deiner Frau gehst du lieber zum Einfelder See, ins Eidertal, ins Dosenmoor oder weiß ich, wohin, ich kann dich ja nicht immer beaufsichtigen. Jedenfalls, die Lügenbrücke hast du nie wieder betreten.

„Na und?"

„Selbst zum Lokaltermin hast du deine Kollegin vom Rathaus geschickt."

„Da war ich verhindert."

„Und zur Beerdigung wohl auch, wenn ich das recht sehe."

Wortlos stand der Bürgermeister auf und ging.

Da kam sie ihm nach.

„Ich meine es doch nur gut mit dir. Wir müssen aufpassen. Ich komme lieber mit zurück. Die sollen nicht denken, dass du dich schon wieder heimlich von einer Schwangeren davon machen willst."

Sie nahm seine Hand und ging mit ihm zu den anderen zurück. Was sollte er machen?

So hatte die Party für alle ein schreckliches Ende genommen.

Heulend saß Sandra auf einem Baumstamm am Ufer. Als Jörg zu ihr kam und tröstend seinen Arm um ihre Schulter legen wollte, schrie sie ihn wütend an: „Es war doch alles eure Schuld. Schließlich habt Ihr mit dem ganzen Mist angefangen!". Sie sprang auf und schlug wütend mit ihren kleinen Fäusten auf ihn ein. Dann ging auch sie langsam, immer noch schluchzend in die Richtung davon, in der Tom verschwunden war.

22.

„Ich hatte Sie schon erwartet", empfing Silvia Mölen die beiden Polizisten, „Sie sind nicht die ersten, die hier vergeblich nach Tom suchen. Das wollten Sie doch sicher. Oder?"
„War Erika schon da? "
„Nein, die Frau Kommissarin war bisher nicht hier. Zumindest hab ich sie nicht gesehen. Ich war im Tischtennisraum im Keller. Da machen wir heute ein kleines Tischtennisturnier. Aber Toms Freundin, die kleine Sandra, kam ganz aufgeregt zu mir in den Kellerraum und erzählte, was sich eben am Mühlenteich abgespielt hat. Fragte, ob er schon da gewesen sei. Sie hatte Tom in seinem Zimmer gesucht, aber da war er nicht."
„Und? Ist sie noch da?"
„Nein. Sie wollte unbedingt in Toms Zimmer auf ihn warten. Da bin ich mit ihr nach oben gegangen. Dort schien mir aber einiges anders als sonst. Sandras Bild stand nicht mehr neben seinem Bett und der Laptop, der sonst immer auf seinem Schreibtisch gestanden hatte, war weg. Da habe ich sie weggeschickt und die Tür verschlossen. Ich wollte später mit der Polizei zusammen das Zimmer genauer ansehen."
„Woher wussten Sie, dass wir kommen?"
„Wusste ich natürlich nicht. Aber nach dem, was Sandra erzählt hat, vermute ich, dass Erika bald aufkreuzen würde. Und bis dahin sollte alles unberührt bleiben."
„Sie haben also alles so gelassen wie es war."
„Natürlich."
„Und Tom ist nicht inzwischen aufgekreuzt?"
„Jedenfalls nicht seit Sandra hier gewesen ist."
„Na dann wollen wir mal sehen."
Zusammen mit Silvia inspizierten die beiden Beamten Toms Zimmer.

Sie stellten fest, dass in der Tat der Laptop verschwunden war. Ebenso der Laptoprucksack.

Wer auch immer hier gewesen war, er musste in Eile nach etwas gesucht haben. Schranktür und Schubladen waren halb offen.

„Am besten, wir rufen die Spurensicherung. Lassen sie bitte alles so wie es ist. Fassen Sie nichts an und lassen Sie niemanden in den Raum."

„Wofür halten Sie mich?"

„Kann man den Raum so verschließen, dass niemand, auch nicht Tom, ohne Ihr Wissen hinein kann?"

„Sehen Sie hier, die Tür hat ein Zusatzschloss. Dafür habe nur ich den Schlüssel. Auch als Sandra gegangen war, habe ich vorsichtshalber abgeschlossen, damit der Raum so bleibt, wie ich ihn vorgefunden habe. Und jetzt schließe ich wieder ab und gebe Ihnen den Schlüssel. Bitteschön."

Tags darauf stand fest: Laptop, Laptoptasche, Portemonnaie, Ausweis, Scheckkarte und Handy befanden sich nicht in Toms Zimmer. Außerdem fehlten das Foto von Sandra und eine Wetterjacke.

Es schien ziemlich ausgeschlossen, dass Tom, abgesehen vielleicht von Ausweis, Scheckkarte und Handy, all diese Sachen mit zum Schmalsteder Seefest genommen hatte. Im Gegenteil. Nach Aussagen von Sandra trug er normalerweise außer dem Portemonnaie mit maximal 20 Euro keine Wertsachen bei sich, wenn er das Haus verließ.

Also war zu vermuten, dass Tom nach dem Vorfall am Mühlenteich kurz hergekommen war, ein paar Sachen gegriffen hatte und dann davongelaufen ist, um sich nach der neuerlichen Messerstecherei polizeilicher Verfolgung zu entziehen. Kurzschlussreaktion. Dummheit. Alles würde nur noch schlimmer werden.

23.

Es war Mittag geworden. Die Sonne stand hoch über der Prager Burg. Der Mann hatte seine Wanderung am Kloster Strabos begonnen, war dann die Loretánská herunter zum Burgplatz gegangen und von dort zur Burg hinauf gestiegen. Von der Alten Schlossstiege lohnte sich immer wieder ein Blick zurück über Prag. Überrascht hatte er festgestellt, dass es nicht eine Burg war, wie er vermutet hatte, sondern dass die Prager Burg sich über drei Schlosshöfe und viele großartige Gebäude hinzog. Das konnte man alles gar nicht an einem Tag erlaufen. Er fand ein kleines Café und setzte sich an einen der Gartentische im Freien, bestellte ein Bier und zog ein Couvert aus der Tasche. Er schrieb eine Adresse auf das raue Papier, das er in einem Kiosk in der Altstadt gekauft hatte. Sandra Zimmermann, Waldstraße 12, D 24582 Bordesholm, schrieb er in großen Druckbuchstaben. Dann den Absender, kleiner, auf die Rückseite.

„Liebling,

nun bist du nicht hier und doch so nah bei mir. Der Duft von deinem Haar umgibt mich, wenn ich das Medaillon mit deiner Locke öffne. Schon als wir uns kennenlernten, im Jugendtreff, war etwas zwischen uns. Ich mag weder essen noch schlafen. Immer denke ich an dich. Und weil mir das Denken an dich nicht genug ist, schreibe ich jetzt diesen Brief. Ich weiß, dass du diesen Brief lesen wirst, deine Augen über dieses Blatt huschen werden, mir ist, als sähen sie mich aus ihm an. Ich erinnere mich daran, wie ich das erste Mal deine Hände hielt. Zitterig, ganz ängstlich. Was für Erinnerungen. Ich glaube, die bleiben immer. Und was für Wünsche. Ich wünschte, du wärest hier. Wie gerne sähe ich dich in dem blauen Kleid. Du musst es immer für mich anziehen.

Gestern Nacht habe ich von dir geträumt. Aber immer sah ich dich mit fremden Männern, die mit dir flirteten, dich anbaggerten. Ich konnte sie nicht erkennen. Mit dem einen fuhrst du auf dem Motorrad fort. Verflixt. Bitte, tu mir das nie an. Ich will dir jetzt etwas Dummes und Abgedroschenes sagen. Ich liebe dich. Ich kann es kaum erwarten, dich wieder in die Arme zu schließen. Wann wird das sein?"

Und so weiter und so weiter. Der Mann faltete den Brief, steckte ihn ins Couvert, benetzte den Finger mit etwas Bier, feuchtete die Gummierung des Umschlages an und klebte ihn zu.
„Dann wünsche ich dir eine gute Reise"

Drei Tage später. Wie benommen kamen die Touristen aus dem Kinosaal. Der kurze Film hatte ihnen die jüngste Geschichte Dresdens vor Augen geführt. Erschütternd. Krieg kannte nur „Auge um Auge, Zahn um Zahn". Aber dann war da das Beispiel der Frauenkirche. Ein qualmender Schutthaufen nach 14 Stunden Luftangriff. Doch das Unglaubliche geschah. Spendenaufrufe in aller Welt ermöglichten den Wiederaufbau. Über 100 Millionen Euro kamen zusammen. Ein unvorstellbares Puzzle. Und jetzt steht sie wieder in altem Glanz. Der Mann wollte sich die Kirche ansehen. Sonst ging er in fremden Städten eher in die Altstadt oder besuchte Märkte. Aber das mit dieser Kirche hatte ihm imponiert. Frauenkirche. Auch ein interessanter Name. Er musste einmal nachsehen, warum die so hieß.
Aber bevor er zur Frauenkirche am Neumarkt ging, wollte er am Terrassenufer Kaffee trinken. Mal sehen, ob das mit dem sächsischen Blümchenkaffee stimmte. Die Brühlschen Terrassen, der „Balkon Europas", sind eine lebendige Flaniermeile mit südländischem Flair. Der Mann fand im „Vis à Vis" einen Platz mit Blick auf die Elbe. Er bestellte ein Stück Hiltontorte und Kaffee. Der war stark und überhaupt nicht durchsichtig. Ein Raddampfer fuhr die Elbe hinab. Der Mann steckte einen Bissen von der Nougattorte in den Mund und zog einen Briefumschlag aus der Tasche, entnahm ihm den Brief und las:

„Liebling,

die Tage vergehen unendlich langsam, wenn ich dich nicht sehe. Meine Sehnsucht nach dir wird immer größer. Abends und in der Nacht liege ich lange wach und denke dabei an dich. Du bist das größte Glück für mich. Ich will dich küssen – doch du bist nicht hier. Ich will dich umarmen, doch du bist nicht bei mir, weißt nichts davon. Aber ich sehe dein Bild vor mir, in dem blauen Kleid, und wünsche mir, du könntest hier bei mir sein. Deine

Nähe, deine Wärme, dein Atem sind für mich das Schönste auf der Welt. Ich danke dir für jede Minute, die wir zusammen waren, und wünsche mir, dass noch eine unendlich lange Zeit hinzu kommt.

Könnte ich endlich bei dir sein!"

„Erfrischend kurz diesmal", murmelte der Mann vor sich hin und verschloss den Brief im Umschlag. Der trug die Anschrift „Sandra Zimmermann, Waldstraße 12, 24582 Bordesholm" und war bereits frankiert. Neben der Briefmarke klebte ein Sticker „Frauenkirche Dresden".

24.

Die Vermutung, dass Tom geflohen war, bestätigte sich: Tom tauchte auch an den nächsten Tagen nicht wieder auf.

Dann, einige Tage später, erschien Sandra bei der Polizeistation in Bordesholm.

„Ist Erika Friedberg zu sprechen?", fragte sie den diensttuenden Beamten.

„Worum geht es denn?"

„Das möchte ich nur ihr selbst sagen."

„Geht es auch ein bisschen genauer, junge Frau?"

„Sagen Sie nur, Sandra sei da. Dann weiß sie schon Bescheid."

„Sandra und wie weiter?"

„Unwichtig. Einfach Sandra. Das genügt."

„Aber sagen Sie mir bitte noch Ihren Vor- und Zunamen, damit ich es im Dienstbuch eintragen kann."

„Ich bin Sandra Zimmermann. Wohnhaft in Bordesholm, Waldstraße 12, zweite Etage, bei ihren Eltern Jutta Zimmermann, geborene Möller, und Gerhard Zimmermann, Heizungsinstallateur, geboren am 27.5.1972 ..."

„Danke, das genügt. Na, Sie sehen ja, es geht doch!"

Er nahm den Hörer ab und sprach mit Frau Friedberg.

„Frau Kommissarin Friedberg erwartet Sie. Gleich drüben. Zimmer zwei."

Sandra ging durch den lichten Flur des neuen Polizeiflügels am Rathaus zu dem Zimmer mit der angegebenen Nummer. ‚Kommissarin Erika Friedberg' stand auf dem Schild neben der Tür, hinter der sie bereits erwartet wurde.

„Hallo, kommen Sie herein, Sandra", begrüßte die Kommissarin ihre unerwartete Besucherin, stand von ihrem Schreibtischsessel auf, ging Sandra entgegen und reichte ihr die Hand.

„Nun, was führt Sie zu mir? Neues von unserem Tom?", begann sie das Gespräch.

„Ja", bestätigte zaghaft das plötzlich schüchterne Mädchen, das sich eben noch so selbstbewusst dem Polizisten gegenüber gezeigt hatte.

„Nehmen Sie doch bitte Platz", forderte die Kommissarin sie auf und wies mit einer Handbewegung auf die Sitzgruppe um den Besprechungstisch, „dafür sollten wir uns ein wenig Zeit nehmen".

Beide setzten sich und schauten sich erwartungsvoll an, Friedberg freundlich lächelnd, Sandra sichtlich verlegen.

„Was führt Sie denn zu mir? Schießen Sie los", munterte sie Sandra auf.

Sandra kämpfte mit den Tränen und hatte plötzlich das Gefühl, nicht sprechen zu können. Wortlos zog sie die beiden Briefe aus der Tasche ihrer Jacke und reichte sie der Polizistin.

„Sind die für mich?", fragte die erstaunt.

Sandra schüttelte den Kopf.

„Aber ich soll sie mir anschauen. Oder?"

Ein Kopfnicken war die Antwort auf ihre Frage.

Erika Friedberg betrachtete die beiden Briefe. Die Handschrift war ihr unbekannt. Aber es war ihr klar, es mussten Botschaften von Tom sein.

„Aus Dresden und Prag?"

Erneutes Kopfnicken.

„Darf ich lesen?"

Sandra hatte sich allmählich wieder unter Kontrolle.

„Ja. Dürfen Sie. Aber das Wichtigste haben Sie schon erkannt."

„Dass er ins Ausland geflohen ist, meinen Sie."

Wieder nickte das Mädchen.

Die Kommissarin zog einen der beiden Liebesbriefe aus dem Umschlag und warf einen Blick darauf.

„Sind Sie sicher, dass die Briefe von ihm kommen? Ist das seine Schrift?"

„Eindeutig. Und seine Art zu schreiben."

„Wann haben Sie die Briefe bekommen? Die Stempel sind zu undeutlich, um das Datum zu erkennen."

„Vorgestern den aus Dresden, heute den anderen."

„Gibt es sonst noch eine Botschaft?"

„Eine SMS ."

„Von seinem Handy?"

„Nein. Eine unbekannte Nummer."

„Was steht drin?"

„Hier, lesen Sie."

Die Botschaft war kurz: ‚*Ich muss für ein Weilchen verschwinden. Du kannst dir denken, warum. Tom*'.

„Die Mail stammt, wie ich sehe, vom letzten Samstag, also von vor den Briefen. Warum haben Sie mich denn nicht gleich informiert?"

„Ich wusste nicht, ob sie echt war. So etwas kann ja jeder schreiben."

„Haben Sie geantwortet?"

„Ja. Aber er hat sich nicht wieder gemeldet."

„Was haben Sie geschrieben?"

„Er soll keinen Quatsch machen und zurückkommen, seine Flucht verschlimmert doch alles nur."

„Dürfen wir Ihr Handy für ein paar Stunden hier behalten? Wir würden gern feststellen, wo die SMS herkommt."

„Wenn es sein muss, bitte. Aber ich hab kein anderes Handy und möchte gern erreichbar sein."

„Wegen Tom?"

„Auch. Aber nicht nur."

„OK. Wir werden uns beeilen."

„Und die Briefe? Darf ich die auch für eine Weile behalten?"

„Sie können sie ja fotokopieren oder scannen. Reicht das nicht?"

„Für uns nicht. Ich möchte die Echtheit prüfen lassen. Aber wenn Sie sich nicht gern davon trennen möchten, vielleicht reichen Ihnen für eine Weile auch Kopien?"

„Tun Sie, was Sie für richtig halten. Aber holen Sie mir meinen Tom wieder! Vielleicht finden Sie ihn ja."

25.

„Wie schön. Charmanter Besuch aus dem ohnehin schon so schönen Bordesholm! Nehmen Sie Platz. Kaffee?"

„Gern. Das tät mir gut jetzt. Denn ob das alles so schön ist, weshalb ich komme, weiß ich nicht so recht.

„Na was führt denn meine schöne Amtsnachfolgerin zu mir ins LKA nach Kiel? Neues von unserem Tom? Oder suchen Sie immer noch nach einem anderen Mörder?"

„Oder Mörderin, wollten Sie doch sicher sagen. Oder?"

„Nicht auszuschließen. Obwohl, Ihr Schützling Tom - man sollte ja nicht voreingenommen sein – aber er hat verdammt schlechte Karten. Meinen Sie nicht auch?"

„Ich möchte ja auch nicht in seiner Haut stecken."

„Dann würde ich Ihnen bestimmt keinen Kaffee anbieten. Apropos, ich muss mich wohl mal darum kümmern."

Bielfeld griff zum Telefon. Aber ehe er den Kaffee in Auftrag geben konnte, hörte man bereits aus dem Hörer eine Frauenstimme in vorauseilendem Gehorsam:

„Zwei Kaffee, einen mit Milch und Zucker, einen nur mit Milch. Ich weiß. Ist schon in Arbeit."

„Danke, danke. Sie verstehen mich, ohne dass ich etwas sagen muss. Sehr liebenswürdig. Wirklich."

Stolz kommentierte Bielfeld:

„Ja, es geht doch nichts über ein gut eingespieltes Team."

„Sie scheinen Ihre Leute ja wirklich gut im Griff zu haben", stimmte ihm sein Gegenüber anerkennend zu.

„Stimmt. Aber wo waren wir stehen geblieben?"

„Bei Tom Berloni."

„Ach ja. Sie wollten mir bestimmt Neuigkeiten erzählen. Legen Sie los."

„Für mich passt alles nicht mehr zusammen. Lassen Sie mich erst einmal zusammenfassen:

Tom Berloni steckt wegen einer Prügelei nach einem Fußballspiel im offenen Vollzug. Kein Schwerverbrechen."

„Immerhin eine Messerstecherei. Hätte auch anders ausgehen können."

„Ist es aber nicht. Harmlose Handverletzung, als ihm jemand das Messer abnehmen wollte."

„Sie sehen immer das Gute im Menschen. Spricht ja für Sie."

„Danke. Aber bleiben wir bei Tom. Sein Meister hält große Stücke auf ihn und will ihn trotz des Vorfalls behalten. Seine Freundin Mona – die Tote von der Lügenbrücke, Sie wissen ja – hat auch weiter zu ihm gehalten."

„Bis er sie geschwängert hatte, sie verließ und schließlich umgebracht hat."

„Das sagen Sie."

„Gut. Ich gebe zu, dass er sie ermordet hat, ist Spekulation."

„Bleiben wir also lieber bei den Fakten. Es stimmt ja, dass sie von ihm schwanger war. Wurde ja inzwischen eindeutig nachgewiesen."

„Erinnern Sie sich? Hatte ich gleich vermutet."

„Gebe ich ja alles zu. Aber lassen Sie mich doch mal ausreden!"

„Entschuldigung."

„OK. Ich fasse zusammen: Mona ist von ihm schwanger. Und er hat sich mit Sandra angefreundet und Mona verlassen. Die findet man vollgestopft mit Drogen und Alkohol im Graben bei der Lügenbrücke. Natürlich wird Berloni verdächtigt. Aber ihm ist nichts nachzuweisen, und die Zeilen von Mona an ihn klingen eher wie ein Abschiedsbrief. Dann der unglückselige Zwischenfall am Schmalsteder Mühlenteich, nachdem ihn der eifersüchtige Ex-Freund von Sandra zusammen mit seinen Kumpels vor den Augen seiner Freundin und einer ebenfalls eifersüchtigen Exfreundin, dieser Jana, beschimpft und beleidigt hatte, wohlwissend, dass er sizilianisches Blut in sich hat und reizbar ist bis aufs Messer."

„Darf ich?"

„Bitte."

„Ich möchte nur sagen, bleiben Sie bitte objektiv. Ihre Beschreibungen sind mir zu einseitig. Im Übrigen unterliegen alle den gleichen Gesetzen, auch wenn sizilianisches Blut in ihren Adern fließt."

„OK. Zugegeben. Aber weiter. Berloni also zieht das Messer. Es ist keinesfalls auszuschließen, dass die Gruppe um Sandras Ex ihn provoziert hat, um ihn zu einer Kurzschlusshandlung zu bringen und ihn so auf die einfachste Weise für einige Zeit loszuwerden."

„Das ist aber auch nur Spekulation, liebe Kollegin."

„Wie auch immer, er läuft weg, wird verfolgt. Danach ist er verschwunden. Bis heute. Alle Indizien legen nahe, dass er in Eile in seinem Zimmer seine Siebensachen gegriffen hat und ins Ausland geflohen ist. Aber dann schreibt er sich in Dresden und Prag unter seinem wahren Namen in die Hotels ein, in denen er absteigt. Und aus beiden Städten schickt er sogar Liebesbriefe an seine Freundin. Und er meldet sich per SMS bei Sandra. Das passt doch alles nicht. So blöde kann er doch nicht sein."

„Warum nicht? Vielleicht ist er inzwischen längst jenseits der Straße von Messina bei der befreundeten Mafia in Palermo?"

„Warum nicht, fragen Sie? Wenn er Sandra liebt, muss er bleiben und die Sache bereinigen. Wenn nicht, und er auf der Flucht ist, schickt er weder Briefe, noch SMS und er schreibt sich nicht mit seinem Namen in den Hotels ein, in denen er absteigt, gerade so, als wolle er seinen Fluchtweg dokumentieren. Vor allem dann nicht, wenn er, wie Sie immer behaupten, auch noch einen Mord auf dem Kerbholz hat."

„Ist untersucht worden, ob die Briefe echt sind?"

„Da komme ich gerade her. Die Briefe sind echt. Aber die Adressen hat entweder ein anderer geschrieben, oder er hat absichtlich die Schrift verstellt, damit nicht erkannt wird, dass sie von ihm stammen, bevor Sandra sie öffnet."

„Ist nach DNA-Spuren unter den Briefmarken gesucht worden?"

„Ja, aber vergebens. Die deutsche Marke ist selbstklebend, die aus Prag ohne Speichel angefeuchtet worden. Vielleicht mit einem Schwämmchen auf dem Postamt oder so."

„Und das Handy? Hat er sich noch mal gemeldet? Hat man versucht, ihn anzurufen?"

„Beides Fehlanzeige. Tot. Vielleicht auf dem Grunde von Elbe oder Moldau."

„Wirklich alles wenig aufschlussreich."

„Und wenn nun Tom nicht Täter, sondern Opfer ist?"

„Wie meinen Sie das, Frau Kollegin? Er hat weder tot im Wasser gelegen noch einen Messerstich abbekommen."

„Ich weiß ja auch nicht. Gerade deshalb bin ich zu Ihnen gekommen."

„Etwa weil Sie ihn für das wahre Opfer halten?"

„Sie wissen, dass ich den Tod von Mona für Selbstmord halte. Rätsel dagegen gibt mir Toms Verschwinden nach dem Fest in Schmalstede auf. Bis dahin konnte man alles unter einen Hut bringen. Natürlich nicht so, dass alles geklärt war. Aber Mona war immerhin ein mögliches Erklärungsmodell. Doch seit Schmalstede passt alles nicht mehr."

„Wollen Sie, dass wir die Umstände des Festes noch einmal untersuchen? Von mir aus. Was schlagen Sie vor?"

„Die Spuren am Mühlenteich haben nichts ergeben. Sie enden bei der Mündung des Stintgrabens. Danach haben die Hunde nichts mehr gefunden. Vermutlich ist er ein Stück im Bachbett gegangen."

„Dann müsste er schon da vorgehabt haben, seine Spur zu verwischen."

„Hab ich auch schon überlegt", stimmte Friedberg zu. „Das gäbe aber nur einen Sinn, wenn er ein geheimes Versteck in der Gegend hätte, in das er geflüchtet ist."

„Und er hätte einen anderen nach Prag und Dresden geschickt, eine Fluchtspur zu legen", spann Bielfeld die Idee fort.

„Das war aber auch sinnlos. Auf die Dauer kann er sich so nicht verstecken."

„Was ist eigentlich mit den Spuren im Haus des offenen Vollzuges?"

„Die sind sichergestellt. Können aber ebenso gut von vor dem Fest gewesen sein."

„Keine Reste von Erde, die vom Mühlenteich stammen könnten?", vergewisserte sich Bielfeld.

„Nichts desgleichen. Ich komme nicht weiter."

„Mehr als Befragungen können wir dann im Augenblick wohl nicht machen. – Also schicken Sie Ihre Leute noch einmal zu allen Personen, die bei dem Fest dabei waren und etwas wissen könnten. Falls da jemand etwas vertuschen will, entdecken Sie vielleicht Widersprüche, die uns einen Hinweis geben. Große Hoffnungen mache ich mir aber nicht."

26.

Die Kommissarin machte sich engagiert an die Arbeit. Im Jugendtreff fing sie an und fragte die Gruppe von Jungen, die sie antraf, ob sie Jana kennen.

„Die Nymphe meinen Sie?", fragte einer der Jungs.

„Weiß nicht, wer ,die Nymphe' ist. Jana Catić meine ich."

„Na ja, bei uns heißt sie so, weil so viele von uns aus dem Jugendtreff schon mal was mit ihr gehabt haben. One Night Stands. Selten etwas Ernsteres. Eigentlich ist sie aber ganz nett. Halt etwas mannstoll. Soll sie doch, wenn ihr das gefällt."

„Ihr Liebesleben interessiert mich nicht. Ich bin zwar Polizistin, aber nicht von der Sitte. Doch wo wir schon mal dabei sind, auf wen hatte sie es denn bei dem unglückseligen Fest in Schmalstede abgesehen?"

„Weiß ich nicht mehr. Aber sie hatte irgendwie Zoff mit dem Bü."

„Mit wem?"

„Schulze, dem Bürgermeister. Wir nennen ihn so."

„Zoff sagen Sie?"

„Ja, sah so aus. Weiß aber nichts Genaueres. Fragen Sie mal den Fischer. Der war dabei."

27.

Der Fischer war überrascht, dass die Kommissarin ihn aufsuchte und Fragen stellte.

„Deshalb kommen Sie extra zu mir? Nee, da war nichts. Ob die Zoff hatten, weiß ich nicht. Haben irgendwas mit einander besprochen. Wenn jemand meint, die hatten Zoff, dann vielleicht, weil einer von uns frotzelte und ziemlich laut so etwas sagte wie ,Hast wohl ein Hühnchen zu rupfen', als er mit ihr rüber zum Schuppen ging. Das war aber anders gemeint, wenn Sie verstehen, was ich meine. Ist ja eine hübsche Person, die Kleine."

„Und Jana Catić? Irgendetwas Auffälliges?"

„Nicht im Zusammenhang mit Schulze. Wie gesagt, ich weiß nicht, was sie von ihm wollte."

„Und sonst?"

„Sie hat doch dem Tom das Messer abgenommen, sagt man. Aber das müssen Sie besser wissen als ich. Steht doch sicher im Polizeibericht."

„Und Tom Berloni? Was war mit dem an dem Abend?"

„Am Abend, da bin ich überfragt. Als er kam, hatte Ehlers ihn wegschicken wollen. Aber seine Freundin, die Sandra, die vom Jugendtreff, hatte ihn eingeladen. Da haben wir ihn in Ruhe gelassen."

„Und später? Was haben Sie von der Schlägerei mitbekommen?"

„Als das Geschrei losging, haben Schulze und Ehlers mit dem Feldstecher beobachtet, dass jemand zu Boden gegangen war und dieser Berloni wegrannte. Ich hab dann die Polizei verständigt."

„Mehr wissen sie nicht?"

„Ich sagte ja schon, das steht sicher alles besser im Polizeibericht als in meinem Gedächtnis. Das heißt, doch, warten Sie, Schulze sagte, als er das Fernglas hatte, dass auch einer von den Jungs hinter Tom hergelaufen ist. Wer das war und wie weit er ihn verfolgt hat, kann ich aber nicht sagen."

28.

„Kennen Sie eigentlich Ihren Spitznamen?", fragte sie ihn als erstes.

„Ja, meine Frau hat mir davon erzählt. ‚Bü' sollen mich einige nennen. Ist das noch immer aktuell?"

„Im Jugendtreff. Aber ich komme natürlich nicht deswegen."

„Warum dann? Wird es ein Verhör?"

„Sagen wir lieber, eine Befragung. Das klingt nicht gleich so nach Verbrecherjagd."

„Fragen Sie."

„Was wollte Jana Catić von Ihnen in Schmalstede?"

„Oh, das ist schwierig. So genau kann ich Ihnen das auch nicht sagen. Woher wissen Sie denn davon?"

„Können oder wollen Sie mir da etwas nicht so genau sagen?"

„Beides, um ehrlich zu sein."

„Na dann sagen Sie mir doch wenigstens, was Sie sagen mögen."

„Ja, vielleicht ganz gut, dass Sie gekommen sind. Da gibt es nämlich eine blöde Sache."

„Nur zu. Auch ein One Night Stand mit ihr wie so viele andere? Da wären Sie vermutlich in guter Gesellschaft."

„So? Wie meinen Sie das?"

„Na ja, wie man sagt, hat sie wohl meist Jüngere im Visier, aber vielleicht sind Sie ja auch nicht so ganz zu verachten."

„Ach so ist das?"

„Wenn es das ist, machen Sie sich mal keine Sorgen. Interessiert mich nicht. Wenigstens nicht dienstlich."

„Dacht ich mir schon."

„Aber es klang eben so, als wäre da noch etwas anderes. Ich meine das, was Sie eben als ‚blöde Sache' bezeichnet haben."

Schulze überlegte. Dann entschloss er sich zu reden.

„Also die Sache ist so. Die Kleine erpresst mich."

„Was hat sie denn in der Hand?"

„Eigentlich so gut wie nichts. Aber sie behauptet, sie wisse, dass ich irgendetwas mit dem Mord an der Lügenbrücke zu tun hätte."

„Mord sagen Sie? War es Mord?"

„Es sind ihre Worte."

„Und was behauptet sie?"

„Eigentlich nur Belanglosigkeiten."

Schulze schien sich konzentrieren zu müssen, bevor er weiter sprach.

„Also, sie wirft mir vor, dass ich nicht zu Monas Beerdigung war, obwohl ich die Apothekerfamilie gut kenne, und dass ich seit dem Mord – wie sie es bezeichnet – mit dem Hund nicht mehr an der Lügenbrücke vorbei gehe wie früher, sondern mit ihm durch den Wildhof streife. Aus solchen Beobachtungen will sie mir einen Strick drehen. Ich hätte Dreck am Stecken, behauptet sie."

„Und? Hat sie Recht?"

„Mit der Beerdigung ja. Ich war dienstlich verhindert. Kann ich belegen. Dass ich die Route mit dem Hund geändert habe, stimmt auch. Im Wildhof sind weniger Spaziergänger. Da kann ich den Hund ab und zu auch frei laufen lassen. Aber ich sage Ihnen, mit der Lügenbrückengeschichte hat das alles nichts zu tun."

„Gut. Sagen Sie mir bitte trotzdem, wo Sie am Abend gewesen sind, an dem Mona gestorben ist."

„Was für ein Tag war das?"

„Bitte Herr Bürgermeister, wenn Sie jemand in der Weise erpresst, wie Sie es mir soeben geschildert haben, werden Sie sich doch bestimmt Gedanken darüber gemacht haben, ob Sie nicht vielleicht ein gutes Alibi haben."

„Sie haben natürlich recht. Aber ich habe kein Alibi. Ich war zu Hause, und meine Frau war mit dem Landfrauenverein unterwegs. Natürlich kann das niemand bezeugen. Ferngesehen habe ich. Kann Ihnen auch die Sendung nennen. Aber die steht in jeder Fernsehzeitung. Bringt also nichts."

„Wären Sie bereit, eine DNA-Probe zu geben?"

„Wenn das notwendig sein sollte, meine Unschuld an einem eventuellen Mord an der Apothekertochter zu belegen, bin ich natürlich bereit zu allem. Auch dazu. Aber erst, wenn Sie mir nachweisen, dass die Verdachtslage wirklich erheblich ist. Ansonsten wäre es mir aus Datenschutzgründen nicht angenehm, wenn sich meine DNA in der Datenbank der Polizei befände."

„Kann ich verstehen. Ich vermute, ich werde nicht darauf zurückkommen müssen."

„Aber sagen Sie mir doch bitte noch, womit erpresst Sie das hübsche Kind denn? Spazierengehen können Sie doch, wo Sie wollen. Und wenn Sie Ihre Dienstverpflichtung beim Beerdigungstermin sogar belegen können, hat sie doch nichts in der Hand, wenn ich das richtig sehe."

„Das sehen Sie wohl richtig. Aber beunruhigend fand ich das ganze doch. Deshalb habe ich Ihnen ja auch davon erzählt."

29.

Erika Friedberg zog als Ort für ihre Befragungen eine den Gesprächspartnern vertraute Umgebung vor. Doch Jana war nicht so leicht anzutreffen. Mehrfach hatte die Polizistin es versucht. Schließlich lud sie sie schriftlich in die Polizeistation vor. Pünktlich kam sie zum angegebenen Termin.

„Woher haben Sie den Mut gehabt", begann sie das Gespräch, „Tom Berloni nach der Prügelei zu verfolgen, obwohl er ein Messer bei sich hatte?"

„Ich kenne ihn von früher. Und ich mag ihn. Ab und zu treffen wir uns immer noch. Da hatte ich einfach Angst, dass er noch weitere Dummheiten begeht, wenn Jörg hinter ihm her ist. Also habe ich Jörg weggeschickt und mit Tom gesprochen. Ich wusste, dass er mir nichts tun würde."

„Kompliment. Sehr mutig. Wirklich. Vielleicht nicht ganz ungefährlich. Aber meine Hochachtung!"

„Danke. Und wo ist Tom jetzt?"

„Sie wissen, dass ich es Ihnen nicht sagen dürfte, wenn ich es wüsste."

„Sie wissen es also auch nicht?"

„Lassen wir das. Ich habe noch eine andere Frage an Sie."

„Kann mir schon denken, was."

„Nun?"

„Bü hat Sie auf mich angesetzt."

„Was hat es da gegeben?"

„Muss ich das wirklich sagen? Auch wenn es nichts mit dem Mord an Mona zu tun hat?"

„Aber es hat damit zu tun, wenn Sie drohen, ihn als möglichen Mörder hinzustellen."

„Hat er das wirklich so ernst genommen?"

„Sollte er das nicht?"

„Ach, ich spiele doch nur mit ihm. Gerade bei ihm macht das richtig Spaß. ‚Der ehrenwerte Herr Bürgermeister und die kleine Dorfmatratze'. Schönes Gesprächsthema für Bordesholm. Das hat mich gereizt."

„Und warum sprechen Sie von Mord? War es kein Selbstmord?"

„Weiß ich nicht. Mord ist spektakulärer und flößt mehr Furcht ein."
„Und, werden Sie ihn jetzt in Ruhe lassen?"
„Muss ich das?"
„Erpressung ist ein Straftatbestand."
„Ich hab ihn doch nicht erpresst. Nur gesagt, was ich beobachtet habe. Und da hat er so schön Angst gekriegt."
„Damit Sie mal sehen, wie das ist mit der Angst: Wo waren denn Sie am Abend, an dem Mona starb?"
„Pech gehabt! Ich war mit dem Landfrauenverein unterwegs. Ohnsorg-Theater Hamburg. Frau Bürgermeisterin wird es bezeugen können."
„Ohnsorg-Theater? Mögen Sie das?"
„Warum nicht? Ich war noch nie da gewesen. Immerhin, Theater in Hamburg, mal was anderes."
„Und danach?"
„Kein Danach. Erst weit nach Mitternacht waren wir zurück. Fragen Sie sie doch!"

30.

„Sie haben zu Protokoll gegeben, dass Tom Sie und Ihren Freund beleidigt habe. Was genau hat er gesagt?"
Jörg dachte nach.
„Schwer zu sagen nach so vielen Tagen, in denen ich mir immer wieder Vorwürfe gemacht und mir überlegt habe, wie es auch hätte sein können. Ich kann mittlerweile nicht mehr trennen, was ich wirklich gesagt habe und was ich nach meiner Überzeugung eigentlich hätte sagen sollen. Zu oft habe ich mir die Szene hinterher vorgespielt."
„Aber sicher können Sie mir sagen, wer den Streit eigentlich angefangen hat."
„Ja, wann war der Anfang? Als Tom Sandra vor meinen Augen geküsst hat und mich triumphierend anschaute? Als sie es sich gefallen ließ und seine Lutscherei erwiderte? Als ich gefragt habe, ob sie sich wohl dabei fühle? Als Andi sie als Schlampe bezeichnete? Oder erst als Tom sie losließ, weil Andi ihn verprügeln wollte?

Spätestens aber als es ernst wurde, Tom uns anschrie und sein Messer herausholte. Ich weiß es nicht mehr. Weiß nicht einmal mehr, ob das, was ich Ihnen jetzt gesagt habe wirklich so gewesen ist oder sich nur in meiner Erinnerung als Trugbild festgesetzt hat. Es war ja auch ein wenig Alkohol im Spiel."

„Lassen wir das. Sie haben ja einiges unmittelbar nach dem Vorfall zu Protokoll gegeben. Da wussten Sie sicherlich noch genauer als heute, was sich abgespielt hatte."

„Obwohl ich mich wie in einem bösen Traum fühlte."

„Wohl nicht ganz zu Unrecht. Warum sind Sie dem fliehenden Tom eigentlich nachgelaufen?"

„Weiß ich nicht. Musste ich einfach. Hab überhaupt nicht überlegt. Bin einfach hinterher."

„Bis Jana Sie zur Besinnung gebracht und zurückgeschickt hat. War es so?"

„So muss es wohl gewesen sein."

„Und dann? Gleich zurück zu den anderen?"

„Ich glaube, ja."

„Da gibt es aber Zeugenaussagen, Sie seien erst nach Jana zurück-gekommen."

„Stimmt. Als ich mich der Gruppe näherte, fühlte ich, wie lächerlich ich mich gemacht hatte. Hatte mich wie ein betrogener Ehemann im Heimatfilm benommen. Und plötzlich fing ich an zu heulen. In dem Zustand konnte ich unmöglich zurückkommen."

„Und stattdessen? Noch einmal zu Tom?"

„Nein. Natürlich erst recht nicht. Kennen Sie den Stamm, der kurz hinter dem Spielplatz in den Mühlenteich ragt? Da habe ich mich hingesetzt. Mich versteckt, und mich ausgeheult. - Jana müsste mich eigentlich gesehen haben. Sie ist ganz nahe vorbeigegangen, als sie mit dem blutigen Messer zurückkam. Da rückten aber auch schon Krankenwagen und Polizei an. Das rüttelte mich aus meinen Träumen.

Ich schaute hinüber, was geschah. Als Andi von den Sanitätern versorgt wurde und ich sah, dass ihm nicht viel passiert war, wurde ich ruhiger und ging zurück. Dann machte ich meine Aussage. Als Erster, glaube ich."

„Wie hat Sandra reagiert, als Sie zurückkamen?"

„Wir haben uns gegenseitig ignoriert. Ich habe seitdem überhaupt nicht mehr mit ihr gesprochen."

„Sie haben sich also zurückgezogen."

„Sandra sagte, Sie wären in den darauf folgenden Tagen überhaupt nicht in Bordeholm gewesen."

„Das stimmt nicht. Erst am darauf folgenden Wochenende bin ich weggefahren."

„Wohin sind Sie gefahren?"

„Nach Berlin. Ich musste mal weg hier."

„Wo sind Sie untergekommen in Berlin?"

„Am Brandenburger Tor traf ich andere aus einer WG. Die haben mich eingeladen."

„Wo wohnten die?"

„Irgendwo Prenzlauer Berg. Die Anschrift weiß ich nicht."

„Und die Namen sicher auch nicht."

„Einer hieß Lukas. Einer wurde Joe genannt. Ein Mädchen hieß Evelin, glaube ich."

„Wann sind Sie zurückgekommen?"

„Sonntagnacht bin ich zurückgetrampt. Montag war ich wieder in der Schule."

„Sind Sie Tom seit dem Zwischenfall noch einmal begegnet?"

„Ich habe versucht, ihn im Gemeinschaftshaus des Vollzuges an der B4 aufzusuchen, um mich mit ihm auszusprechen. Aber da war er schon abgehauen."

„Gibt es Zeugen dafür?"

„Frau Mölen. Silvia Mölen, die Betreuerin."

„Stimmt. Sie hat mir davon erzählt."

31.

„Verflucht! Hätte man das nicht anders bauen können!"

Der beleibte Mann hatte sein Fahrrad einfach losgelassen, so dass es den Hang hinunter in ein Gebüsch stürzte. Erschrocken blickten die Teilnehmer der Fahrradwandergruppe sich nach dem Geschoss um. Mühsam bewegten sie sich, ihre Zweiräder auf dem Streifen neben der Treppe haltend, hinunter ins Eidertal.

„Mensch, passen Sie doch auf. Ist ja reinweg gefährlich. Wenn das jemand in die Hacken kriegt!", schimpfte eine Frau. Der jüngste Radler lehnte sein Trekkingrad an den zum Bahndamm hin steil ansteigenden Hang und half dem schnaufenden Mann, sein Gefährt zu bergen. So dauerte es länger, als der Kursleiter eingeplant hatte, bis die zwölf Teilnehmer der heimatkundlichen Radtour auf dem schmalen Eiderweg angekommen waren. Der Kulturbeauftragte der Gemeinde Bordesholm hatte die Route des Volkshochschulkurses ausgearbeitet.

„Um diese Ecke des Amtes kümmerte sich kaum einmal jemand. Alles drängt sich auf der Klosterinsel", hatte Steffen Paul für seine Idee geworben.

Eigentlich sollte jetzt ein Abstecher zur Alten Reesdorfer Eiderbrücke folgen. Die 1803 aus Granitquadern erbaute Brücke ist sicher beeindruckend, aber weil in der anderen Richtung Hans Johannsen wartete, um seinen Widder zu erklären, entschied sich Steffen Paul gegen diesen Umweg.

Hans Johannsen hatte die Gruppe bereits von der Treppe her lärmen gehört. Sein Hof schmiegt sich in einen Hügel hinein. Jenseits des Eiderweges floss inmitten grüner Wiesen die Eider dahin. Johannsen freute sich schon auf die Gesichter einiger seiner Gäste, wenn er sie mit unbewegter Miene auf den Widder hinweisen würde, der sich auf der Weide befände. Na ja, een beeten Spaaß mutt wesen!

Die Fahrradgruppe war herangekommen. Steffen Paul begrüßte Hans Johannsen, der lässig an dem Stahltor zu seiner Weide lehnte.

„Na Steffen, wullt du se den Widder wiesen? Op de Koppel?"

Aller Augen suchten die Weide nach einem Widder ab. Wenn Steffen Paul ihnen dieses Tier zeigen wollte, dann musste es wohl ein Prachtexemplar sein, mit großen, gewundenen Hörnern. Aber außer einigen Pferden war auf der Weide kein Tier zu sehen.

„Kaninchen", flüsterte einer, „Karnickel. Da heißen auch welche Widder. Da im Stall sicher."

Johannsen öffnete das Gatter, und die Gruppe stiefelte hinter Steffen Paul her. Auf einem kleinen Pfad ging es über die sumpfige Wiese zu einem Gatter, aus dem es beständig Klack – Klack – Klack tönte.

„Ist das eine Widderherde, die mit den Köpfen aneinander rasselt?" fragte jemand. Dann standen sie bereits um die Mulde herum, aus der heraus der hydraulische Widder seinen typischen Laut erklingen ließ.

„Dütt lütte Ding versorgt siet 1936 unsen Hof mit Water", erklärte Johannsen und bewies anschließend, dass er sich in den technischen Details des Gerätes gut auskannte. Widder oder Stoßheber dienten früher häufig zur stromlosen Wasserversorgung einzelner Gehöfte. Der hydraulische Widder nutzt die Strömungsenergie des Wassers aus, um einen Teil davon auf eine höhere Ebene zu befördern.

„Mien Widder bringt dat Water twölf Meter hoch bet in`n Kohstall", verkündete Johannsen stolz, und er wies darauf hin, dass das Gerät seit seiner Einrichtung noch nie defekt gewesen sei.

„Blots in letzte Tied, dor loopt hier so`n poor verrückte Lüüd rüm", berichtete er. Er habe spät abends Licht gesehen beim Widder und auf dem Penzelsberg. Seinen Widder zeige und erkläre er gerne jedem Interessierten, aber wenn er aus dem Haus gekommen sei, hätten sich die Leute aus dem Staub gemacht. Am Penzelsberg habe er bis in die Nacht hinein Lichter herum huschen gesehen. Er habe dann am Tage Fußspuren gefunden, auch einige Stellen, an denen Löcher gegraben und flüchtig wieder zugeschüttet waren, dazu Verpackungspapier von Süßigkeiten. Anscheinend seien es Jugendliche, die den Berg interessant fänden.

„Was kann man dort denn wollen?", fragte jemand aus der Gruppe.

Steffen Paul ergriff die günstige Gelegenheit:

„Vielleicht suchen da ja Kundige nach dem Goldschatz des Zwerges Penzel", hob er an, da unterbrach ihn Johannsen:

„Denn komt man op de Tenne. Dor heff ik een grooten Disch, un een poor Buddeln Beer staht dor ook noch rüm."

Das ließen sich die Fahrradwanderer nicht zweimal sagen. Nachdem die Beugelbeerbuddeln beim Öffnen fröhlich geknallt hatten, kehrte gespannte Ruhe ein.

„Ja, der Zwerg Penzel mit seinem Volk wohnte hier im Penzelsberg, der höchsten Erhebung nahe der Eider. Darüber, wie die Zwerge unter die Erde gekommen sind, gibt es verschiedene Meinungen. Die einen sagen, in den ältesten Zeiten seien kleinere Menschen von aus dem Norden her einwandernden Hünen unterjocht worden und hätten sich entschieden, lieber frei unter der Erde als geknechtet auf ihr zu leben. Andere berichten, dass Christus, als er einmal auf Erden wandelte, an ein Haus kam, in dem eine Frau wohnte, die fünf hübsche und fünf hässliche Kinder hatte. Als der Herr ins Haus trat, versteckte sie die fünf hässlichen Kinder im Keller. Der Herr ließ die Kinder vor sich kommen. Als er nur die hübschen Kinder sah, fragte er die Frau, wo ihre anderen Kinder seien. Da sprach das Weib: ‚Andere Kinder habe ich nicht!'.

Nun segnete der Herr die fünf schönen Kinder und verwünschte die hässlichen, indem er sprach: ‚Wat ünnen is, sall ünnen blieven, un wat baven is, sall baven blieven!'

Als die Frau wieder in den Keller kam, waren ihre fünf Kinder verschwunden, aus ihnen waren die Unterirdischen geworden."[5]

Es hatte zu dämmern begonnen, und Johannsen zündete Kerzen an. „Wie hebbt hier ook elektrisch Licht. Avers to de Geschichten passt dat wohl beter so? Denn vertell man wieder, Steffen."

„Geern. Aver ik snack hochdüütsch. Dat Plattdüütsche künnt jo nich alle Lüüd so good verstahn. Liekers dat jedet Johr in de Winterdaag een Plattdüütschkurs för Anfänger bi Jürgen Baasch gift.

Aber richtig", fuhr er, nun für alle verständlich, fort, „von Zwergen wird in ganz Schleswig-Holstein berichtet. Sie wurden gesehen und beobachtet, waren gut und auch böse, auf jeden Fall aber den Menschen unheimlich. Der Zwerg Penzel mit seinem Volk siedelte sich im Penzelsberg an. Die Schmalsteder Mühle hatte es ihm angetan, und hier hatte er für sich und seine Untertanen auch Beschäftigung. So fand der Müller morgens fertig geschrotete Mehlsäcke vom Abend vor. Statt aber über diese Hilfe froh zu sein, spionierte ein neugieriger Müllergeselle den nächtlichen Umtrieben nach und streute Erbsen auf die Treppe zur Wassermühle hinunter. In dieser Nacht gab es ein Gepolter in der Mühle, so dass die Müllersleute aufstanden und einen Kreis von Zwergen um ihren toten König stehend vorfanden. Sie hielten sich an den Händen, tanzten einen Reigen und sangen: ‚Penzel ist tot, Penzel ist tot!'.

Ihren König begruben die Zwerge in einem goldenen Sarg im Penzelsberg."

„Und an een stillen Avend so as hüüt", schloss Hans Johannsen, nun wieder in der einzig angemessenen Sprache, "höör ik se jümmers noch vun den Penzelsbarg röver singen. Spitzt de Ohren, wenn ji wieder föhrt."

Es hatte sich eine stille Ergriffenheit über die Gruppe gelegt, die sich nun mit herzlichem Dank von Hans Johannsen verabschiedete, um am Penzelsberg vorbei zur Schmalsteder Mühle zu fahren. Unterhalb des Berges, dort, wo die alte Landstraße nach Kiel noch erkennbar den Penzelsberg abgrenzt und umschmeichelt, rief einer der Radfahrer:

„Halt! Still!" und wies den Hang hinauf. Und war es nicht wirklich so, als huschten dort Lichter durchs Gebüsch. Zu hören aber war nichts.

Der Widder im Eidertal

Bei dem Hof Johannsen im Eidertal in Reesdorf befindet sich seit vielen Jahren ein technisches Denkmal, ein Widder oder Stoßheber, ein Gerät zur stromlosen Wasserversorgung einzelner Höfe oder kleiner Häusergruppen. Der Widder hat früher den Hof Johannsen mit Wasser versorgt.

In Deutschland hat der hydraulische Widder bei der Trinkwasserversorgung keine Bedeutung mehr. In Ländern wie Indien und China werden allerdings weit über Hunderttausend Menschen mit Hilfe der hydraulischen Widder mit Wasser versorgt. Größter Vorteil solcher Anlagen ist die Tatsache, dass sie ohne Strombedarf und nahezu ohne Wartung funktionieren.

Der hydraulische Widder nutzt die Strömungsenergie von Wasser aus, um einen Teil davon auf eine größere Höhe zu fördern, als ursprünglich zur Verfügung steht. Die Abbildung zeigt die Gesamtanlage eines solchen Pumpwerkes mit der Zulaufhöhe h und der Förderhöhe H

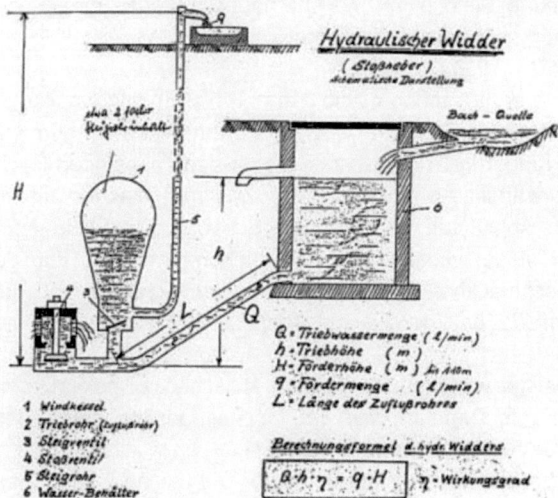

Die zur Wasserhebung benötigte Kraft wird im Zulaufrohr (Triebrohr) des Widders durch Öffnen und Schließen des Auslaufventils (Stoßventil) erzeugt. Das Wasser erhält beim Öffnen des Stoßventils zunehmende Geschwindigkeit, die beim plötzlichen Schluß des Ventils einen Stoß verursacht. Dieser Schluss wird durch das durchströmende Wasser bewirkt, welches das Ventil empor reißt, sobald eine entsprechende Wassergeschwindigkeit erreicht ist. Der durch den Stoß verursachte höhere Wasserdruck im Widder fördert einen Teil des treibenden Wassers durch das Steigventil in den Windkessel und in die Steigleitung. Das Stoßventil wird nach dem Stoß durch die im Triebrohr auftretende Rückwirkung des Wassers selbsttätig wieder geöffnet, wodurch sich der Vorgang innerhalb weniger Sekunden wiederholt.

Quelle: 100 Jahre Wasser- und Bodenverband Obere Eider, Verbands-Chronik 2004

32.

Abfischen. Wer es in der Hierarchie der Fischer zu etwas gebracht hat, saß auf einem der Sperrmüllsofas in dem Häuschen über dem Graben, durch den die Karpfen kommen mussten. Aber noch floss nur gräulich schwarzes Wasser über das Gitter, auf dem die Fische gefangen werden sollten. Immer mehr Zuschauer sammelten sich an, versorgten sich an dem kleinen Stand mit Glühwein und fachsimpelten, wann „sie" denn kommen würden. Denn ganz genau konnte der Fischer den Zeitpunkt auch nicht bestimmen. Vieles hing davon ab, wie hoch der Wasserstand im Mühlenteich war, aus welcher Richtung Wind blies und überhaupt... Fragte jemand den Karpfenzüchter, so brummte der gemütlich:

„So üm Klock tein, glööv ik."

Aber das sagte er nun schon all die Jahre. Plötzlich ging ein Raunen durch die Menge. Ein Fisch war über den Sperrbalken auf den Rost gesprungen. Kinder in Gummistiefeln jagten den zappelnden Hecht. Dann wieder warten. Ab und an stand einer der Männer auf und säuberte den Ablauf mit einer großen Schaufel von Blättern und Geäst. Dann wieder warten, Glühwein trinken, erzählen. Von den großen und schmackhaften Karpfen im Mühlenteich. Und von dem einen Riesenfisch, den der Fischer Jahr für Jahr zurück in seinen Teich entließ.

Der Bürgermeister war Stammgast beim Abfischen. Er bekam immer einen Hecht. „Als Deputat", wie der Fischer lachend sagte. Jetzt stand er am Glühweinstand und fachsimpelte.

Im Mühlenteich wurde das Wasser knapp. Die Fische folgten ihrem Elixier. Immer näher schob sich die zappelnde Masse auf den Abfluss zu. Alle Schwarmintelligenz zerstob. Es galt das Leben. Übereinander und durcheinander folgten die Fische dem Wasser. Sog und Druck erhöhten die Geschwindigkeit. Dann stürzten sie durch den Mönch in den Mühlengraben.

„Still!", rief ein Zuschauer. Es war, als klang von weit her das Getrappel einer Viehherde. Fischkörper drängten sich in dem engen Graben, nur die unteren im reißenden Wasser, die anderen auf ihnen, an den steilen Ufern entlang, immer schneller in eine Richtung, alles mitreißend.

„Se koomt!", rief einer der Fischer auf dem Sofa, was alle hörten. Dann waren sie da. Unzählige Karpfenleiber bedeckten springend und zappelnd den Rost. Mit einer Bohle schlossen kräftige Männer den Zufluss. Kinder, Jugendliche und beflissene Erwachsene griffen die Tiere, legten sie in Wannen, aus denen sie in einen großen Hälter gegossen wurden. Hechte und die schmackhaften Buntbarsche wurden separiert. In der sich lichtenden Karpfenmenge schlängelte sich ein Aal. Den zu greifen war besonders schwer. Aber schließlich schaffte ein beherzter Junge es, das glitschige Tier zu fassen und festzuhalten. Nun mussten alle von dem Rost herunter, der Abfluss wurde gesäubert und die Bohle hob sich für den zweiten Schub, der mit noch größerer Wucht auf dem Gitter landete. Groß und Klein arbeiteten wie im Jagdfieber.

Als die Absperrbohle zum dritten Mal angehoben werden sollte, klemmte sie. Zwei Männer mussten zusätzlich anpacken, eine Brechstange Hilfe leisten. Mit einem Ruck öffnete sich das Siel. Eine Masse dunkler Karpfen schoss auf den Rost, und dazwischen etwas Weißes. Eine Hand, ein Arm, ein Körper lag zur Hälfte auf dem Fanggitter. Fische drängten an ihm vorbei, über ihn herüber. Frauen kreischten. Männer schrien durcheinander.

„Bringt die Kinder in die Mühle!", befahl eine laute Stimme. Zwei Männer in Wathosen zogen die Leiche durch die zappelnde Fischmasse hindurch und legten sie auf eines der Sofas. Der Rost wurde geöffnet. Die Karpfenernte des Jahres verschwand in der Eider. Der Bürgermeister starrte auf die Leiche. Das Gesicht war bis zur Unkenntlichkeit entstellt. Aber er ahnte, wer da vor ihm lag.

33.

Luftlinie kaum drei Kilometer entfernt vom Ort des makabren Leichenfundes bereitete Jörg mit ein paar weiteren Mitgliedern im Jugendtreff zusammen mit den Bandmitgliedern der Jazz-Rap-Gruppe ‚Bordies' einen Hip-Hop-Musik-Frühschoppen vor. Während der letzten Projektwoche der Hans-Brüggemann-Schule war die Schülergruppe aus einer Arbeitsgemeinschaft über Undergroundmusik entstanden. Nun wollte der Jugendtreff die

Gruppe auf den Treppen des neuen Rathauses am nächsten Samstagmorgen am Rande des Marktgeschehens öffentlich vorstellen.

Gemeinsam hatte man sich bereits auf geeignete Rap-Texte verständigt, um der Gruppe bei ihrem ersten Auftritt vor Bordesholmer Bürgern zu einem erfolgreichen Image zu verhelfen. Mitten in der Diskussion über die Programmfolge wurde plötzlich ungestüm die Eingangstür aufgerissen, und Sandra stürzte herein.

„Mörder!" brüllte sie, „Ihr Mörder!"

Fassungslos wichen alle vor ihr zurück.

„Was ist denn los?", fragte Jörg, der als erster Worte fand.

„Tom ist tot!", schrie sie. „Man hat Tom gefunden! Tot! Ertrunken im Schmalsteder Mühlenteich! Ihr habt ihn umgebracht, Ihr Mörder!"

Wie eine Bombe schlug die Botschaft ein. Keiner wagte, etwas zu sagen.

Sandra stürzte sich blindlings auf die starr dastehenden Jugendlichen und schlug in kindlicher Wut so fest sie konnte mit ihren kleinen Fäusten auf sie ein, traf Gesichter, trat gegen Schienenbeine, schlug ihnen die Faust in den Magen. Entsetzt ließen sie es geschehen, bis Jörg zusammen mit einem großen kräftigen Rapper aus der Band ihr entgegentrat und sie an den Armen festhielt.

„Mörder? Hab ich recht gehört? Er ist ermordet worden, sagst du? Von uns? Was soll das? Wer sagt das? Bist du verrückt?", hielt er ihr entgegen.

Sie zappelte und trat um sich, konnte sich aber aus dem festen Griff der beiden nicht befreien, gab schließlich auf und ließ sich willenlos in einen alten Polstersessel drücken. Ihre Schreie gingen in Schluchzen über. Ihre Schultern zuckten. Dann sank sie in sich zusammen.

Ratlose Stille.

Dann, ganz langsam, richtete sich Sandra mühsam auf.

„Jetzt wisst ihr wohl auch nicht mehr weiter", begann sie mit heiserer, vorwurfsvoller Stimme. „Erst treibt ihr ihn in den Tod. Und jetzt, wo es euch allen klar wird, seid ihr am Ende eures Lateins."

Keiner antwortete.

„Ihr müsst was tun!", schrie sie.

„Was sollen wir denn, um Gottes Willen, tun?"

„Nicht um Gottes, um Euretwillen. Spürt ihr denn das nicht?"

„Ich hab da nichts mit zu tun", sagte schließlich der junge Rapper, der sie mit Jörg zusammen festgehalten hatte. „Er tut mir leid. Und du auch, Sandra. Aber ich glaube, wir alle haben nichts damit zu tun."

„Ihr habt da nichts mit zu tun? Ist nicht einer von uns ermordet worden? Mein Freund? Und da sagt ihr, ihr habt nichts damit zu tun? Schämt ihr euch nicht? Habt ihr nicht damals dauernd herumgestänkert? Habt ihr nicht, wann immer ihr konntet, Streit mit Tom gesucht, ihn in Bordesholm verleumdet, ihm sein Leben schwer gemacht? Sogar den Trauerzug für Mona kaputt gemacht. Schämt ihr euch nicht?"

Sie hielt sich die Hände vor das Gesicht und heulte.

„Warum musstet ihr ihn so reizen bei dem Fest? Was hatte er euch getan? Er liebte mich. Na und? Ich ihn auch. Ist das etwas Böses? Aber ihr hattet es ja darauf angelegt, ihn aus der Reserve zu locken, ihn wütend zu machen, bis er mit den Fäusten auf euch losging. So wie ich eben. Nur leider hatte er ein Messer. Und was tut man denn, wenn eine Horde wie ihr einen erst beleidigt und dann über einen herfällt und man ein Messer in der Tasche hat? Na? Was tut man dann wohl? Was würdet ihr dann tun? Ich jedenfalls würde auch das Messer ziehen. Wie er. Ihr wusstet, dass das so kommen würde. Ihr wolltet, dass er wieder ins Gefängnis kommt. Aber in den geschlossenen Vollzug diesmal. Weg von Bordesholm. Das habt Ihr nun geschafft. Für immer."

Jörg hatte sich zurückgezogen. Er rief Sandras Eltern an, erzählte, was vorgefallen war, und schlug vor, sie nach Hause zu bringen. Aber ihr Vater wollte sie selbst im Jugendtreff abholen.

Dann hatte er eine Idee. Er ging auf die Straße hinaus und telefonierte mit dem Haus des offenen Vollzuges.

Die Botschaft von Toms Tod war auch dort bereits angekommen. Jörg schlug den Freunden von Tom einen gemeinsamen spontanen Schweigemarsch vor, und wider Erwarten fiel seine Idee auf fruchtbaren Boden. Gleich am nächsten Morgen wollte man sich vor der Volksbank treffen, an der Stelle, an der auch damals der unglückselige Trauermarsch begonnen hatte. Der Zug sollte direkt zum Rathausplatz gehen. Dort sollte je ein Vertreter des offenen Vollzuges und des Jugendtreffs ein paar Worte sagen, und dann wollte man die Versammlung auch gleich wieder auflösen, ohne viel Aufsehen zu erregen.

Pünktlich um zehn Uhr starteten die etwa dreißig Teilnehmer am verabredeten Ort. Auf Vorschlag von Jörg bildeten sie eine Zweierreihe, je ein Vertreter aus beiden Gruppen nebeneinander. Der kleine Zug wirkte wie eine disziplinierte Schulklasse, die zum Bahnhof ging. Ohne Zwischenfälle erreichten sie den Rathausplatz. Erst am Bahnhofsvorplatz nahmen neugierige Passanten wahr, dass etwas Ungewöhnliches vor sich ging, als einer der Heimbewohner ein Spruchband entrollte und es zusammen mit Jörg vor dem Zug her zu den Treppenstufen des Rathauses trug. Mit weißen Buchstaben stand auf einem schwarzen Tuch geschrieben:

WIR TRAUERN GEMEINSAM
UM TOM RERLONi

Vom Eingang des Rathauses her kam ihnen der Bürgermeister entgegen. Erika Friedberg hatte von dem Zug erfahren und ihn informiert. Ebenso die Polizei, die sie überreden konnte, sich zurückzuhalten, obwohl der Zug nicht ordnungsgemäß angemeldet und genehmigt worden war. Sie selbst hatte sich frei genommen und beobachtete als Privatperson die kleine Versammlung von dem Büro des Wortwechselverlages im alten Bahnhof aus. Dabei hielt sie vorsichtshalber telefonisch Kontakt mit ihren Kollegen, die zwar in Alarmbereitschaft, aber in ihren Räumen auf der anderen Seite des Rathausgebäudes blieben.

Der Bürgermeister ging auf die Gruppe zu und begrüßte einige der Jugendlichen, die er persönlich kannte, mit Handschlag.
„Eine gute Idee, wirklich eine gute Idee", sagte er immer wieder.
Dann winkte er eine junge Frau herbei.

„Ein wenig Publicity wollen wir aber doch haben, wenn sich eine so erfreuliche Reaktion bei unserer Jugend offenbart", sagte er und stellte die junge Frau als Pressevertreterin vor.

Dann postierte er sich auf der oberste Stufe der Rathaustreppe, und ohne zu fragen, ob das willkommen sei, begann er:

„Liebe junge Mitbürger. Leider musste es erst zu tragischen Ereignissen kommen, ehe die Vernunft und der Geist des Verstehens und der Versöhnung einkehren konnten. Erst musste Tom Berloni sterben, um den wir hier alle gemeinsam an diesem Tage trauern."

Er machte eine Pause, um seine Worte wirken zu lassen, und wartete, bis auch die Bürger in Hörweite gekommen waren, die sich inzwischen neugierig der kleinen Versammlung näherten. Dann fuhr er fort:

„Ja, liebe Bordesholmer, wir trauern hier gemeinsam um einen jungen Mann, der es uns nicht leicht gemacht hat, ihn zu verstehen. Eine Person aus jenem umstrittenen offenen Vollzug, der in unserer Gemeinde viele Dispute hervorgerufen hat. Lassen Sie uns diese Stunde begreifen als einen Augenblick der Besinnung und einer verspäteten Versöhnung."

Wieder machte er eine Pause, bevor er seine kurze Ansprache mit den Worten beendete:

„Leider kann Tom dies hier nicht mehr miterleben. Ich bin sicher, es wäre sein glücklichster Tag gewesen. Leider hat er es nicht mehr erleben können, dass Bordesholmer Jugendliche Schulter an Schulter mit seinen Freunden in einem kleinen Trauerzug das nachholen, was seinerzeit so unrühmlich hatte enden müssen.

Kompliment und Glückwunsch für unsere Bordesholmer Jugend – und ich schließe natürlich unsere Gäste und Mitbürger von der B4 ausdrücklich mit ein."

Unter dem gedämpften Beifall der Anwesenden ging der Bürgermeister die drei Stufen der Treppe hinab und stellte sich zu den jungen Leuten.

Als nächstes trat einer der Jungen aus dem offenen Vollzug hervor, wendete sich an den Bürgermeister und bedankte sich:

„Vielen Dank, Herr Bürgermeister, dass Sie von unserer kleinen Versammlung Notiz nehmen. Wir hoffen, dass Sie sich auch in

Zukunft solidarisch mit unserer kleinen Gruppe zeigen, einer Gruppe von jungen Menschen, die zwar nicht ganz freiwillig nach Bordesholm gekommen sind, aber nun einmal hier leben und sich über jedes Zeichen freuen, dass sie hier als Mitbürger akzeptiert werden."

Dann drehte er sich zu den versammelten Jugendlichen hin:

„Wir sind nicht gekommen, um Reden zu halten und anzuhören. Der Herr Bürgermeister hat bereits gesagt, was ich hatte sagen wollen, nur in besseren Worten als ich es gekonnt hätte. - Aber eines lasst mich ergänzen: Ich danke euch vom Jugendtreff, dass ihr die Initiative ergriffen habt und dass ihr uns eingeladen habt und nun gekommen seid, mit uns zusammen um Tom zu trauern."

Es sah aus, als hätte er noch etwas sagen wollen, aber plötzlich senkte er den Kopf, ging schnell die Stufen hinab, fügte sich in die erste Reihe ein, nahm Jörg die Stange des Transparents aus der Hand, und mit einer kleinen Handbewegung forderte er ihn auf, nun auch zu sprechen.

Unsicher nahm Jörg den Platz ein, von dem aus seine Vorredner gesprochen hatten.

„Ich bin weder Bürgermeister noch ein begabter Redner. Noch dazu hatte ich, wie viele von euch wissen, kein besonders gutes Verhältnis zu Tom. Und das aus naheliegenden egoistischen Gründen, wie sicherlich einige sagen werden. Desto mehr habe ich wieder gut zu machen, und das möchte ich in einem ersten Schritt jetzt beginnen, indem ich eurem Wunsch folge und eine kleine Abschiedsrede für ihn halte. Das tue ich gern, denn inzwischen weiß ich, dass Tom ein ganz besonderer Mensch gewesen ist und dass es gewiss kein Zufall war, dass die Person, die ich am meisten liebe, ihn mir als Freund und Vertrauten vorgezogen hat.

Doch lasst mich von ihm, nicht von mir reden."

Jörg hatte sich vorbereitet. Dabei waren ihm die Rhetorikübungen, die er während seiner Gruppenleiterlehrgänge absolviert hatte, zugute gekommen.

„Wie schwer muss es jemand haben, der in eine Situation gerät, in der für einen winzigen Augenblick das Temperament mit ihm durchgeht und er sich in zornigem Eifer zu einer Handlung hinreißen lässt, die sein ganzes Leben verändert. Viele von uns hätten ebenso reagiert, wären ebenso vom Jugendgericht verurteilt worden, wären in der Folge ebenso wie er von der Gesellschaft bestraft worden. Einziger Unterschied: Uns ist eine solche Situation erspart geblieben. Und so können wir anderen, als Verschonte, unangefochten hier leben, geachtet als Bordesholmer Bürger, mit reiner Weste, die durch Gottes Fügung rein geblieben ist.

Tom dagegen...", Jörg machte verwirrt eine Pause, als er entdeckte, dass Sandra am Arm ihrer Mutter dazugekommen war.

„Tom dagegen", fuhr er fort, „musste kämpfen. Täglich neu, wenn er sich in Bordesholm zeigte. Nichts hat er sich zu Schulden kommen lassen, was nicht jedem von uns hätte passieren können. Aber er wurde abgelehnt, wurde angefeindet, nur weil er im offenen Vollzug lebte. Weil die Leute, ohne sich um seine Lebensgeschichte Gedanken zu machen, annahmen, er sei deshalb ein schlechterer Mensch, habe etwas verbrochen, sei also ein kleiner Verbrecher – ein kleiner vielleicht, aber immerhin ein Verbrecher. Und dann wurde ihm gar die Schuld am Tod seiner Freundin Mona unterstellt. Wie unsäglich muss er gelitten haben! Ich selbst war einer von denen, die nichts mit ihm zu tun haben wollten. Und ich schäme mich dafür.

Wie gesagt, täglich aufs Neue musste er um seine Anerkennung in Bordesholm kämpfen, immer wieder mit Misserfolgen. Und dann, als der Durchbruch beinahe geschafft schien, als er mit seiner Bordesholmer Freundin erstmalig zusammen mit uns feiern durfte, die Katastrophe beim Fest am Schmalsteder Mühlenteich.

Und das hätte bedeutet: Totaler Rückfall. Zurück ganz zum Anfang. Strafverfolgung. Gerichtsverhandlung, Verurteilung. Gefängnis. Es überstieg seinen Lebenswillen. Erst die Flucht. Dann seine heimliche Rückkehr. Und dann..."

Jörg holte einen Zettel hervor.

„In der Schule haben wir Shakespeare gelesen. Seit Toms Tod gehen mir Hamlets berühmte Worte durch den Kopf[6]. Auch wenn Tom nicht das Glück hatte, als Königssohn geboren worden zu sein, diese Gedanken müssen ihn ständig begleitet haben, die ich, aus Shakespeares Drama frei übertragen, euch nun verkürzt vorlesen möchte."

Er hielt das Blatt Papier vor sich, richtete sich auf, holte ganz tief Luft, und, als wollte er selbst den Hamlet spielen, rezitierte er mit lauter Stimme, pathetisch, als stände er auf einer Theaterbühne, die berühmten, von ihm frei abgewandelten Worte des Monologes von Hamlet:

Weiterleben oder nicht weiterleben? Das ist hier die Frage.
Ob es besser ist,
die ungerechten Anfeindungen der Gesellschaft
weiter zu erdulden
- als Pfeile und Schleudern eines wütenden Geschicks –
um schließlich doch in einem See von Leid zu enden
- oder ob es besser ist, einfach zu sterben – zu schlafen – nichts
weiter - und zu wissen, dass der Schlaf
all die tausend Qualen enden lässt..."

Noch einmal hielt er inne, ehe er mit leiser Stimme anfügte:
„Wir wissen seit gestern, wie er für sich entschieden hat."

Jörg brach ab, stieg zu seinen Freunden hinab, ergriff wieder die Stange des Transparentes, und schweigend führte er den Zug zurück bis zum Rande des Marktplatzes. Dort rollte er das Transparent ein.

34.

„Hallo Sandra. Treffen 18:30 an unserem Treffpunkt wie immer. Habe sensationelle Neuigkeiten, es ist wirklich wichtig!!! LG Jörg."
Was will der nun schon wieder, einmal „Nein" reicht wohl nicht? Vielleicht wusste er ja wirklich Neues. Sie flog mit ihren Fingern über den Bildschirm ihres Smartphones:
„Komme um 18:45, kein Date!"
Sie wollte ihm gleich die Illusion nehmen, dass noch etwas zwischen ihnen laufen könnte.

Mona hätte jetzt gesagt: „Übertreib es nicht, dein Kussmund verspricht sonst etwas, das du gar nicht willst, die Typen machen sich sonst noch Hoffnung."

Dabei dachte sie wieder an ihre erste gemeinsame Discotour mit Mona. Das war jetzt schon fast zwei Jahre her.
„Kinder wie die Zeit vergeht!", dachte sie. Und als ob sie noch lebte und neben ihr stände, hörte sie Monas Stimme und sah die Szene von damals vor sich:
„Es gibt ein paar Dinge, die sind von absoluter Wichtigkeit bei deinem ersten Discobesuch, Outfit, Tanzen und Reden ohne Worte!!!"
„Und das soll ich in einer Stunde lernen? Da sehe ich schwarz."
Die Musik setzte ein, ich schüttelte Kopf und Hüfte, ihre Brüste wippten auf und ab.
„Nein, umgekehrt!"
Mona machte die CD aus. Ihre Kommandos waren kurz und knapp.
„Den Po fest! Und lächeln, lächeln, das sieht schon besser aus. Aber nicht wie ein Bauerntrampel, sexy!"
Anbaggern war für Sandra so eine Art Wissenschaft, gäbe es das als Schulfach, sie wäre eine Einser-Schülerin.
Bis Jörg und Tom kamen, hätte nicht mal ein Blatt Papier zwischen sie und Sandra gepasst.
Danach war es aus gewesen mit der Freundschaft.

Nun stand Sandra vorm Spiegel, drehte sich und war mit dem Anblick zufrieden. Die enge knallblaue Jeans passte ausgezeichnet zum T-Shirt in Pink, der grüne taillierte Blazer und die blauen Pumps rundeten das gesamte Erscheinungsbild ab. Sandra strich sich durchs Haar, als wollte sie alles vergessen. Schnell stieg sie auf ihr Fahrrad und radelte los. Als sie an der Vogelwiese ankam, begrüßte Jörg sie mit den Worten:
„Fünf Minuten vor der Zeit, du bist wie immer pünktlich."
Er stand breitbeinig vor ihr, mit den Händen in den Taschen seiner beigen Chinos. Er trug das karierte Hemd, das sie ihm zum Geburtstag geschenkt hatte, als Mona und Tom noch in Bordesholm waren.

Er wollte sie für sich zurückgewinnen, er war hier der „King im Ring", das war mal klar wie der Himmel über ihnen. Und dieser verfluchte Tom, der immer noch zwischen ihnen stand, würde ihm sein Mädchen nicht wieder ausspannen.

Das Rauschen der Pappeln an der Badestelle drang an ihr Ohr. Eine Familie mit einem Dackel hatte wohl gerade ihre Runde um den See beendet.

„Wir sind gleich zu Hause, Abendbrot steht schon auf dem Tisch."

Die Frau zog Hund und Kind hinter sich her. Der kleine Junge war wenig begeistert, heulte und schrie:

„Ich mag nicht, zu Hause ist kein Spielplatz!!!"

Er stampfte trotzig mit den Füßen auf und riss sich von der Hand der Mutter los. Kurz vor Jörg stoppte er. Die Augen fielen dem Jungen fast zu vor Müdigkeit.

Zu Sandra gewandt sagte Jörg. „Wie alle Kinder in dem Alter."

Die Mutter griff den Arm ihres Sprösslings:

„Schluss jetzt, du machst, was wir dir sagen."

Sandra lächelte dem Bub zu.

„Hör auf deine Eltern, junger Mann", sagte sie und schaute ihn freundlich an.

Die Familie entfernte sich Richtung Parkplatz.

„Ich wusste gar nicht, dass du so gut mit Kindern kannst."

„Du weißt so einiges nicht über mich, aber das ist nicht der Grund für unser Treffen, was gibt es Neues?"

Er hatte sich über vierzehn Tage nicht gemeldet und nun diese SMS! Die Eile war ihr deutlich anzumerken. Er bedeutete ihr, sich neben ihn auf die Parkbank zu setzen.

Jörg legte die Arme um sie, drückte sie fest an sich und lächelte.

„Hier", sagte er und reichte ihr ein Schmuckdöschen. „Der Schmuck ist passend zu deinem blauen Abendkleid."

Sandra starrte Jörg an. „Woher weißt du von dem Kleid?" Sie nahm seinen Arm von ihrer Schulter. „Das hab ich von ihm geschenkt bekommen und bisher noch nicht getragen!"

Er druckste herum.

„Das musst du mir erzählt haben, so vor drei Wochen, glaub ich."

35.

Jana stand unschlüssig vor Schulzes Haustür. Noch war es nicht zu spät. Sie brauchte sich nur umzudrehen und fort zu gehen.

Aber so ein reifer Mann mit grauen Schläfen konnte einem förmlich den Boden unter den Füßen wegziehen.

Es klingelte schrill an der Haustür.

„Herr Schulze? Kann ich Sie mal für einen Moment sprechen?"

„Komm rein mein Kind".

Der Flurbereich war sehr dunkel. Sie gingen bis zum Wohnzimmer, wo es einen Durchbruch zur altdeutschen Küche gab.

„Einen Kaffee vielleicht?"

Schulze werkelte bereits an der Kaffeemaschine herum, dem einzigen Schmuckstück in dem großen alten Haus. Jana wusste, dass sie nach einer Tasse Kaffee zu so später Zeit die halbe Nacht über senkrecht im Bett stehen würde. Vor dem ausladenden Eichenschrank im Wohnzimmer entschied sie sich dennoch für einen Kaffee.

„Ich hätte nicht erwartet, dass ich jetzt noch Besuch bekommen würde."

Jana fasste sich ein Herz, ihre Gedanken offen auszusprechen.

„Herr Schulze, ich weiß gar nicht, wo ich anfangen soll. Ich habe eine große Dummheit begangen. Die Schwangerschaft von mir ist nur vorgegeben gewesen. Zum Selbstschutz. Ich brauche dringend Ihre Hilfe, weil ich nun verdächtigt werde, Tom nicht einfach das Messer abgenommen, sondern ihn erschlagen zu haben. Bitte, ich weiß sonst nicht, an wen ich mich wenden soll. Ich habe mich wirklich ziemlich albern verhalten. Tut mir leid."

Endlich war es ausgesprochen. Jana spürte, wie ihr augenblicklich eine schwere Last von den Schultern fiel.

„Wobei ‚albern' nicht der richtige Ausdruck ist, ‚ziemlich blöd' trifft es eher", fügte sie hinzu.

Sie erwartete ein Donnerwetter. Aber Schulze richtete sich auf, schaute sie ernst an.

„Das kann man wohl sagen. Und nun brauchst du also meine Hilfe!"

Dann schlug er ihr vor:

„Komm, wir gehen ein bisschen an die frische Luft, fahren zum Mühlenteich hinüber und reden in Ruhe über alles."

36.

Es war schon Abend. Erika Friedberg saß immer noch im Kommissariat vor den Akten. Ihr Kopf rauchte. Sie hatte die Unterlagen des Falles Mona und alles, was ihr über Tom Berlonis Tod vorlag, noch einmal durchgesehen. Sie brauchte einen Gesprächspartner, um ihre Gedanken wieder in Ordnung zu bringen. Jemanden, mit dem sie reden könnte, ohne ihre dienstliche Schweigepflicht zu verletzen. Da war die Auswahl nicht groß.

Von den Bordesholmer Kollegen mochte sie niemanden anrufen und um ein Gespräch nach Feierabend bitten. Zusammen ausgehen nach dem Dienst, das wäre nicht gut gewesen. Außerdem saßen sie mit Sicherheit längst mit ihrem Bier vor der Sportschau oder neben der Ehefrau vor dem Krimi. Nein. Das ging nicht. Im Übrigen, so hilfsbereit sie auch waren, viel hätte sie sich nicht von einem Gespräch erhoffen können. Sie schieden aus.

Sollte sie bei dem Apotheker und seiner Frau vorbeischauen? Sicher würde sie einiges über Mona und vielleicht auch über Tom erfahren können. Aber es war ihr zu anstrengend. Das also lieber bei Tage. Dienstlich.

Silvia vom offenen Vollzug? Die wohnte in Brügge. Sie könnten nach Bissee fahren, lecker essen. Natürlich müsste sie Silvia einladen. Egal. Plötzlich verspürte sie Hunger und griff zum Telefon. Noch ein Blick auf die Uhr: Zu spät. Bestimmt hatte sie längst gegessen. Und überhaupt. Eigentlich mochte Erika sie nicht so sehr. Sie war eine patente junge Frau. Zupackend, hilfsbereit. Aber keine Person, die man einfach mal so anruft ohne dienstlich zwingenden Anlass.

Wen gab es sonst noch in Bordesholm? Ihren Freundeskreis schloss sie aus. Das ging nicht. Sie wollte über Tom reden und über Mona. Sie fühlte sich allein gelassen mit ihren Problemen. Einsam.

Da fiel ihr Willi ein. Willi Bielfeld, der selbsternannte Frauenflüsterer.

Inzwischen ließ er sich Wilhelm nennen. Aber wenn sie ein wenig hilflos täte, würde er nicht nein sagen und mit ihr reden. Und er würde mitkommen. Bei ihm zu Hause, unter den Augen seiner eifersüchtigen Frau, das konnte weder ihm noch ihr gefallen. In den Antikhof sicher auch nicht. Makkarita schied aus. War zu nahe bei der Dienststelle. Da kannte man sie zu gut. Und dann mit Bielfeld..., lieber nicht, käme ihr sehr dienstlich vor. In die Villa Coloniale ging sie gern. Da kannte man sie auch, aber nicht als Polizistin und Kollegin von Bielfeld. Oder zum Griechen. Der war ganz in der Gegend, wo Bielfeld wohnte. Konnte er sogar zu Fuß hingehen, wenn er wollte. Guter Gedanke.

„Friedberg hier. Könnte ich vielleicht Ihren Mann sprechen oder störe ich?"

„Nein, sie stören nicht."

Der Tonfall deutete auf das Gegenteil.

„Hallo, wo brennt's?"

„Es brennt nicht direkt, aber ..."

„Verstehe, es gibt dennoch was zu löschen. Wie wäre es mit einem Bier?"

Sie wusste ja, dass er sofort anspringen würde.

„Treffer."

„Wo, wann? Lieber nicht bei mir, meine Frau hat gerade einen Fernsehfilm begonnen, und da..."

„Nein, da will ich mich nicht dazu setzen und stören. Ich dachte an den Griechen am Wattenbeker Kreisel. Bei der Avia-Tankstelle. Ich weiß nicht, wie er heute heißt, früher sagten wir ‚wir gehen zu Papa.'"

„Den gibt es schon lange nicht mehr. Aber Sie werden sehen. Besser denn je!"

„Prima."

„Ich habe allerdings schon gegessen."

„Aber ein Bier würden Sie ohnehin noch trinken. Stimmt's?"

„Auffällig. Wann soll ich da sein?"

„Ich komm vorbei. Ist ja kein Umweg. Ich hock noch hier in der Polizeistation."

„Gut. Ich gehe Ihnen entgegen."

Erika war zufrieden mit dem Gedanken, sich mit Bielfeld austauschen zu können. Irgendwie war es anders, im Polizeibüro aktuelle Ermittlungsergebnisse auszutauschen und die weitere Arbeit von Kieler Mordkommission und Bordesholmer Polizeistation zu koordinieren, als mit ihm zum Griechen zu gehen, sich auszusprechen wie mit einem großen Bruder und ein wenig um Hilfe zu bitten.

Sie hatte seit dem Frühstück nichts gegessen und bestellte sich ein Bifteki, Feta gefüllt und mit Metaxasauce. Entgegen seinem Vorsatz, nichts mehr zu essen, ließ sich Bielfeld dazu überreden, einen gebackenen Schafskäse zu bestellen. *Eine Kleinigkeit, damit ich nicht so allein essen muss'*, hatte sie gesagt.

Nach dem auf Rechnung des Hauses kredenzten Ouzo fühlte sie sich gleich schon viel wohler, und als sie, dem alten Ratschlag einer Psychologin aus der Ausbildung folgend, sich ihren Chef, den guten, in die Jahre gekommenen Willi, als nackt ihr gegenüber sitzend vorstellte, mit seinem seine Männlichkeit verbergenden Spießerbäuchlein, kam er ihr richtig menschlich vor, und sie lachte ihn freundlich an.

Zwischen Ouzo und Speise zählten sie sich gegenseitig noch einmal die Ungereimtheiten des kuriosen Falles auf:

„Erst die unheimliche Tote, die wie Schneewittchen von den sieben Zwergen gefunden wurde", begann Bielfeld.

„Gehört nicht der Einbruch in die Apotheke von Schneewittchens Vater vielleicht auch dazu?"

„Richtig. Der Fall ruht, aber er ist ungelöst."

„Und fand im nächsten Umfeld der Toten statt."

„Stimmt, Frau Kollegin. Wichtig schon wegen der Drogen, die statt eines Apfels in Schneewittchens Magen gefunden wurden."

„Und dann die bis heute unentschiedene Frage: Mord oder Selbstmord?"

„Tom oder nicht Tom, meinen Sie."

„Ich glaube ja nicht, dass Tom ein Mörder ist."

„Mit dem Glauben ist das so eine Sache."

„Aber weiter. Jetzt ist er selbst tot."

„Ermordet, wie wir wissen. Er wird sich wohl kaum selbst ein Holz über den Hinterkopf geschlagen haben und dann ins Wasser getorkelt sein."

„Das mit der Kopfverletzung ist sicher?"

„Sie können sich den Schädel ja selbst noch einmal anschauen, wenn Sie dem Pathologen misstrauen."

„Und die Briefe aus Dresden und Prag? Die sind doch von ihm. Oder?"

„Sie sind echt und wurden kurz nach seinem Verschwinden zur Post gegeben."

„Also ist er geflohen."

„Dann müsste er allerdings sehr bald zurückgekommen sein, um noch rechtzeitig in den Mühlenteich zu kommen."

„Sie meinen, jemand hat ihn bei seiner Rückkehr abgefangen und ermordet? "

„Jedenfalls ist er nie wieder in seinem Zimmer aufgetaucht. "

„Richtig. Aufgetaucht – im wahrsten Sinne des Wortes – ist er erst wieder im November, zusammen mit den Karpfen."

„Eigenartig. Der Mörder muss ihn zum Mühlenteich geschafft und dort versenkt haben."

„Jedenfalls eine Möglichkeit. Denn so ganz genau kann der Zeitpunkt seines Todes nicht mehr ermittelt werden, nach seinem langen Bad im See."

„Und dann noch etwas", begann die Kommissarin ein neues Thema, „mir ist die Botschaft wieder in Erinnerung gekommen, die Mona für Tom hinterlassen hat. Ich kenne sie auswendig, so oft habe ich sie heute gelesen: ‚Wenn du mich jemals wirklich geliebt hast und mich vielleicht noch immer ein wenig liebst, dann wirst du hierher kommen und nach dem suchen, was du auf der anderen Seite findest. Du bist der Einzige, dem ich mich anvertrauen möchte. Ich liebe dich! Mona.'
"

Bielfeld sah sie fragend an.

„Und? Was stand auf der anderen Seite?"

„Ein Lippenstiftabdruck und ‘Ich liebe Dich'. Dreimal. Aber das stand auch schon auf der ersten Seite."

Sie sah ihn ratlos an.

„Da fehlt was", sagte sie. „Spüren Sie das nicht auch? ‚Du bist der Einzige, dem ich mich anvertrauen möchte', schreibt sie. Was meint sie damit? Sie hat ihm auf dem Zettel ja nichts anvertraut."

„Vielleicht hat er mehr gefunden als er Ihnen gezeigt hat?"

„Nein. Ich stand direkt daneben. Er hat einen Blick auf den Zettel geworfen und ihn mir traurig gereicht. Dann sind wir gegangen."

„Vielleicht sollte er noch mehr finden und hat nur nicht weiter nachgeschaut?"

„Hab ich tags darauf nachgeprüft. Nur Moos, verfaulte Rinde, Blätter und Erde, wo der Zettel gelegen hatte."

Mittlerweile hatte Bielfeld seinen panierten Schafkäse aufgegessen und bestellte sich ein zweites Viertel Retsina. Seine junge Kollegin kämpfte mit den Resten des riesigen Bifteki.

„Na, schaffen Sie die Riesenportion?"

„Wollen Sie mir helfen?"

„Wie meinen Sie das?"

Mit einem Schluck Imiglikos spülte sie den letzten Bissen hinunter. Erleichtert lehnte sie sich zurück, schloss die Augen und strich sich wohlig über den Magen. Dann plötzlich richtete sie sich auf.

„Ja, ausgezeichnete Idee. Helfen Sie mir bitte."

„Wie meinen Sie das?", fragte er erneut.

„Zwei sehen mehr als einer."

„Natürlich. Und?"

„Wir gehen jetzt zu dem Versteck und Sie schauen auch noch einmal nach."

„Was? Sagten Sie ‚jetzt'?"

„Jetzt. Lampe und Schaufel habe ich im Wagen. Ich will es wissen. Vielleicht ist es ja nur der Wein, aber plötzlich bin ich sicher, wir finden da noch was."

„Was sollen wir finden? Und warum jetzt, mitten in der Nacht?"

„Eine Botschaft, einen Abschiedsbrief, ein Medaillon, irgendein Zeichen, was weiß ich. Aber es muss da noch etwas sein. Das ist mir jetzt völlig klar. Wäre es nicht toll, wenn wir den Fall gemeinsam lösen würden? Und das zusammen, mitten in der Nacht? Sie und ich im Mondenschein? Kommen Sie, haben Sie keinen Sinn für Romantik?"

Erika Friedberg wusste, wie man ihn gewinnen konnte. Sie nahm seine Hand, streichelte sie und sah ihn an: „Bitte Bielfeld. Seien Sie noch einmal wie früher. Bereit zu jedem Unsinn. Sei noch einmal der wilde Willi von damals! Komm mit."

Sie lachte und bat um die Rechnung.

„Ja, alles zusammen bitte. Auf meine Rechnung. – Das heißt, wenn der Herr verspricht, mir noch einen kleinen Herzenswunsch zu erfüllen."

37.

„Nein, lassen Sie mich."

„Nach einem halben Liter Retsina?"

„Und Ihr Imiglikos?"

„War nur halb so viel."

„Wie viel wiegen Sie?"

„Seien Sie nicht indiskret. Sonst frage ich Sie das Gleiche. Außerdem habe ich Spaten und Lampe im Wagen."

„Und Sie meinen in meinem Mondeo findet sich so etwas nicht?"

„Na gut. Wenn Sie Ihren Lappen unbedingt loswerden wollen…"

„Im Falle eines Falles zeige ich erst mal meinen Dienstausweis. Dann werden wir ja sehen."

„OK. Werden wir sehen."

Sie fuhren Richtung Einfeld, bogen ab zum Asphaltwerk, durch das Gewerbegebiet Tökhorst und dann rechts ab zum Mühbrooker Meer.

Am Abzweig des kleinen Weges hielten sie, bewaffneten sich mit Taschenlampe und Schaufel und gingen zu Fuß den nur für Mitglieder des Anglervereins erlaubten Pfad dem Wasser entlang.

„Hier etwa war es. Warten Sie."

Die Kommissarin bog die Äste des Gebüschs auseinander.

„Gehen Sie vor?"

„Sie haben wohl Angst?"

„Nein, aber keine Lampe."

Bielfeld ging voran. Rücksichtsvoll hielt er die beiseite gebogenen Äste fest, bis auch sie ihm ins Gebüsch gefolgt war.

„Und nun?"

Sie nahm ihm die Lampe aus der Hand und leuchtete suchend in verschiedene Richtungen, um eine Lücke zu finden. Dann zeigte sie auf eine Stelle zwischen zwei Büschen und drehte sich zu ihm um.

„Ich glaube, hier war es."

Die junge Kollegin nahm ihren Chef an der Hand und zog ihn hinter sich her bis zu einer kleinen Lichtung.

„Hier war es. Sehen Sie den Weidenstamm? Da in der kleinen Höhlung."

Friedberg richtete die Lampe auf das Loch. Aber die Höhlung war zu tief. Es klaffte eine pechschwarze Leere.

„Greifen Sie doch einmal hinein. Vielleicht können Sie etwas ertasten."

Bielfeld zögerte.

„Ich? Sie kennen das Versteck doch besser."

„Trauen Sie sich nicht?", fragte sie belustigt. „Nur zu, wird schon keine Ratte drin sein."

„Wer weiß? Irgendwie ist das eklig."

„Geben Sie doch mal die Schaufel."

Sie schob den Stiel in die Höhlung und stocherte vorsichtig darin herum.

"So werden Sie wohl kaum was finden."

„Nur zum Ratten vertreiben", flüsterte sie. Dann stockte sie.

„Halt, da ist was."

„Papier?"

„Nein, was Weiches."

„Doch eine Ratte?"

„Nee, die würde ja wohl flüchten. Aber ..."

„Aber?"

„Igitt, es bewegt sich."

„Lassen Sie mich mal sehen."

Bielfeld nahm die Lampe, beugte sich mutig vor das Loch, leuchtete hinein und versuchte, etwas zu erkennen.

„Nichts zu sehen."

„Kann mich ja getäuscht haben. Ich nehm noch mal die Lampe und Sie gehen mit dem Arm hinein. Und fühlen, ob Sie Papier, ein Heft oder so etwas greifen können."

Er gab ihr die Lampe, dann zögerte er.

„Wollen Sie nicht lieber selber, Frau Kollegin? Es war doch Ihre Idee."

„Den Triumph eines sensationellen Fundes hatte ich eigentlich Ihnen als Leiter der Mordkommission überlassen wollen."

„Kann ich gut drauf verzichten. Wollen wir nicht lieber bei Tage…"

„Hätte Sie für mutiger gehalten."

„Nein, das ist nicht, wie Sie meinen. Hat nichts mit Mut zu tun. Nur sorgfältige Beweissicherung sieht anders aus."

„Sind Sie denn gar nicht neugierig?"

„Doch natürlich. Aber..".

Da knackte es im Gebüsch. Erika Friedberg zuckte zusammen. Bielfeld legte beschützend einen Arm um ihre Schultern und versuchte, sie von dem dunklen Weidenstumpf und seiner Höhlung wegzuziehen.

In seiner freien Hand hielt er einen der Äste fest, zerrte ein wenig daran und erzeugte erneut heftiges Rascheln und Knacken.

Ängstlich drückte sich Erika an ihn. Er nahm sie fest in seine Arme. Dabei fiel für einen Augenblick das Licht der Lampe auf sein Gesicht, und sie sah, dass er lachte.

„Feigling", rief sie und lachte nun auch.

„Sag das noch einmal!"

„Feigling!"

Da zog er die junge Kollegin an sich heran, beugte sein Gesicht über sie, und sein Mund suchte und fand ihre Lippen. Sie wehrte sich nicht einmal. – Ein Grund mehr, bei Helligkeit wiederzukommen.

Erika Friedberg zog es vor, einen Bordesholmer Kollegen mitzunehmen, als sie tags darauf mit Bielfeld erneut das Versteck aufsuchte. Doch Bielfeld beharrte darauf, dass dieser beim Wagen blieb.

„Es soll nicht bekannt werden, was wir hier treiben. Bitte sehen Sie zu, wenn Spaziergänger vorbeikommen, dass sie weitergehen und uns nicht folgen."

Diesmal hatte die Kommissarin ihre Diensthandschuhe mitgenommen. Beherzt griff sie in das dunkle feuchte Versteck. Ein kurzer Schrei nur, einen winzigen Augenblick zögerte sie. Dann sah sie das belustigte Gesicht ihres Kollegen, fasste Mut und brachte eine fette Kröte zum Vorschein.

Sie setzte das Tier behutsam am Fuße des Weidenstammes ab.

„Huch, wie kommst du denn hierher? Hast du dich verirrt?"

„Willst du ihn nicht küssen?", sagte er scherzhaft. „Vielleicht wird es ein Prinz?"

„Wär wohl mehr was für dich. Ist eine Kröte. Könntest ja versuchen, sie zur Prinzessin zu machen."

„Dachtest du an gestern?"

„Woran sonst? Aber gestern war gestern."

„Und heute ist heute."

Die Kommissarin beugte sich zu dem Baumstumpf hinab und beobachtete, wie die Kröte sich mit langsamen, aber zielstrebigen Bewegungen von ihnen weg hinter den Stamm der Weide davonmachte. Sie folgte ihr und sah, wie sie sich auf der anderen Seite in einer zweiten Höhle versteckte.

„Da schau her, Willi!", rief sie.

Bielfeld nutzte die Gelegenheit und beugte sich ganz nahe zu seiner Kollegin hin.

„Lass sie in Frieden", antwortete er und schaute sie lächelnd an.

„Nix da. Jetzt bist du dran. Vielleicht ist sie wirklich eine Prinzessin und will uns einen Schatz zeigen, zur Belohnung, dass wir sie haben laufen lassen. Hol sie raus. Und dann sehen wir nach, was in dem Loch verborgen ist. Ich bin jetzt ganz sicher, dass wir am Ziel sind."

„Lieber du. Ich hab keine Handschuhe."

„Feigling!", sagte sie lachend und war sich bewusst, wie er am Abend zuvor auf das Wort reagiert hatte.

„Feigling? Was krieg ich dafür, wenn ich sie mit meinen bloßen Händen heraushole?"

„Kannst du dir ja denken."

„Hier!"

Er streckte ihr die Kröte hin. Und holte sich seine Belohnung. Sie ließ es sich gefallen.

„Das ist aber diesmal noch nicht alles", rief er.

Erschreckt sah sie ihn an.

Belustigt grinste er, griff erneut in das Loch und förderte eine Plastiktüte mit einem kleinen Büchlein zu Tage.

Erika Friedberg fiel es wie Schuppen von den Augen:

Sie hatten entdeckt, was Mona ihrem Tom hatte anvertrauen wollte:

‚Wenn du mich jemals wirklich geliebt hast und mich vielleicht noch immer ein wenig liebst, dann wirst du hierher kommen und nach dem suchen, was du auf der anderen Seite findest. Du bist der Einzige, dem ich mich anvertrauen möchte. Ich liebe dich! Mona.‘

38.

Da lag es nun vor ihr: Monas durchweichtes Tagebuch. Wie viel Mühe hätte sie allen ersparen können, wenn sie es gleich gestanden hätte. Vielleicht lebte sie dann sogar noch. Und Tom vielleicht auch.

19.12.
Letzter Schultag vor den Ferien. Keine Lust heute Morgen, spät geworden. Aber ich will unbedingt den Namen von dem Typ wissen. Bei Jochen nachgefragt, er heißt Tom Berloni, seine Eltern kommen aus Italien.

20.12.
Heute blöder Tag, langweilig, ganz miese Stimmung. Gut, ich rauche zwei Marlboro. Müsste eigentlich noch Geschenke besorgen, keine Lust auf die Feiertage. Weihnachtsferien, wie kann ich ihn wiedersehen? Möchte gern Tom Berloni kennen lernen.

21.12.
Er geht mir nicht aus dem Kopf. Soll jetzt mein Zimmer machen und mit Mama einkaufen bei Edeka. Anschließend wollen wir noch nach Schmalstede, Karpfen für Heiligabend bestellen. Weiß nicht, wie ich mich davor drücken soll. Denke immer an Tom, ich möchte ihn wiedersehen. Ich muss mich beruhigen, suche nach Beruhigungstabletten im Nachttisch von Mama. Gefunden. Werde ganz müde, gehe um 19.00 Uhr ins Bett und bin todtraurig.

22.12.
Heute starke Kopfschmerzen, bin blöd drauf. Rufe Astrid an, aber sie hat keine Zeit für mich. Muss mit ihrer kleinen Schwester Plätzchen backen.

23.12.
Blödes kaltes Wetter, dazu Regen ohne Ende. Kopfschmerzen sind noch immer da. Trotzdem helfe ich Mama. Vorsichtshalber hole ich mir für heute Abend wieder eine Schlaftablette aus ihrem Nachttisch. Muss schon wieder an Tom denken. Ich muss versuchen, ihm über die Feiertage irgendwo zu begegnen.

Heiligabend, 1. und 2. Weihnachtstag
Am 24. morgens um kurz nach 9.00 Uhr mit meiner Mutter zum Fischer nach Schmalstede. Es war so voll, wir standen in einer Schlange, um den Karpfen auszusuchen. 2.480 Gramm Gewicht vor unseren Augen geschlachtet und ausgenommen. In der Schlange herrschte gute Stimmung. Jägermeister wurde ausgegeben. Ich ging raus auf den Hof und rauchte unbeobachtet zwei Zigaretten nacheinander. Endlich los nach Hause.

Ich, Oma und Opa, Tante Leni, Papa und Mama, also komplett, zum Karpfenessen versammelt.
Wie jedes Jahr großes Lob auf den frischen Karpfen. Immerhin gab es zwei Weinsorten, Grauburgunder und Rosé von Aldi, mein Lieblingswein. Bescherung gilt nur für mich, mein Geschenk, ein Smartphone von Nokia, ich freue mich riesig. Heiligabend doch ganz nett.
Keine Zigaretten mehr, Taschengeld alle, pumpe Papa an wegen Fahrkarte nach Kiel. Astrid und ich wollen ins Kino. Papa großzügig: 20 € erhalten.
Fahren um 19.00 Uhr mit dem Zug nach Kiel.

Hab ich ihn nun eben gesehen oder nicht? Stand er nicht am Fahrradstand vor dem Bahnhof?
Astrid meinte nicht, ich meinte doch. Tom, lass dich doch mal irgendwo sehen. Ich kann dich nicht vergessen.

Heute, der zweite Weihnachtstag, wieder kalt und total verregnet. Film gestern Abend nicht schlecht, das Beste war, Tom und zwei Freunde fuhren mit demselben Zug von Kiel. Ich kann es noch nicht fassen. Endlich, endlich habe ihn wiedergesehen und er mich. Als er in Flintbek ausstieg, hat er mir zugewunken. Ich spüre ein tolles Gefühl in mir und habe Sehnsucht ohne Ende. Bleibe bis zum Nachmittagskaffee im Bett, habe keinen Hunger, rauche mehrere Zigaretten, fühle mich mal so, mal so. Werde mir wieder eine Tablette holen.

Silvestermorgen: Mama hat gemerkt, dass Tabletten fehlten, und mich zur Rede gestellt. Sie hat mir nicht geglaubt. Ganz schlechte Stimmung zu Hause. Abends mit Astrid zur Silvesterfeier vom Jugendtreff. Organisiert von Sarah und Jörg. Jeder Teilnehmer musste seine Getränke und Knabbersachen selbst mitbringen. Erst noch Würstchen und Kartoffelsalat mit Opa und Oma zusammen gegessen und dann um 21.00 Uhr los. Papa gibt mir die Ratschläge mit, die ich schon kenne: Rauche nicht so viel, trinke keinen Schnaps, höchstens eine Flasche Bier oder so. Spätestens um kurz nach 2.00 Uhr bist du zurück, sonst hole ich dich.

Leggins, meine schwarzen hohen Stiefel, schwarzer Rollkragenpulli, dicker roter Schal, ich find mich gut angezogen. Heimlich von Edeka geholt, ein Sechserpack Krombacher, von Aldi eine Flasche Roséwein und Chips ohne Ende. Mein Rucksack ist voll.

Astrid, Sandra, Jörg und mindestens zwanzig weitere waren schon da, laute Musik von Adele, klasse Stimmung. Lichterketten waren die einzige Beleuchtung. Ein wenig schummrig, nur noch ein paar Windlichter vereinzelt auf den Tischen. Jörg spricht mich an: „Ich habe noch eine Überraschung für dich! Kannst du dir was denken?" Ich wünsche mir, Tom kommt heut Abend. Das sind meine einzigen Gedanken dazu. Tatsächlich, eine Schnulze von Pedro Lombardi, wird von Jörg angekündigt und es erscheint an der Tür Tom. Astrid muss geplaudert haben. Tom sieht mich. Ich sehe ihn. Er kommt auf mich zu, umarmt mich. Grauer Kapuzenpulli, roter Schal und dazu seine schwarzen Locken, toll sieht er aus. Er fragt nach einer

Zigarette. Wir gehen hinaus und ich nehme zwei Dosen aus meinem Rucksack für ihn. Die Musik wird wilder, wir tanzen, schmusen, lachen und haben nur Augen für uns. Bei Mitternacht, stehen wir eng umschlungen vor dem Eingang und freuen uns über die Raketen der anderen.

Ich sage ihm, dass ich um 2.00 Uhr nach Hause muss; er bringt mich bis vor die Haustür. Ich ziehe seinen Kopf zu mir herunter und küsse ihn auf den Mund. Immer und immer wieder. Es ist alles so toll. Wir verabreden uns für den nächsten Tag zu einem Mondscheinspaziergang am Uferpfad des Mühbrooker Meeres. Er erklärt mir noch, wo er sein Moped abstellen wird.

1.1.

Aufregende und schönste Nacht meines Lebens. Spiele tagsüber die liebste Tochter, damit ich abends ausgehen darf. Astrid hat mich zum Fernsehabend eingeladen. Das ist meine Ausrede. Komme erst ganz spät wieder oder melde mich, wenn ich dort schlafe. Ich fahre mit meinem Rad Richtung Mühbrooker Meer. Ich sehe von weitem das Moped und dann auch Tom.

Wir küssen uns innig und spazieren engumschlungen am Uferpfad entlang bis zu einem Baum, stellen uns dagegen, rauchen eine Zigarette und schauen auf eine Kopfweide vor uns. Im Mondlicht sehen wir unten im Stamm eine dunkle Vertiefung. Tom fühlt hinein und stellt fest, dass das Loch so tief ist, dass man dort was hineinlegen kann, um es zu verstecken. Ich schlage vor, wir schreiben uns Briefe, wenn wir uns nicht treffen können, und legen sie dort hinein. Es soll unser Liebesversteck werden. Wir gehen an einem einsamen Gehöft vorbei hinüber zum Wildhof. Rundherum stämmige Bäume, vielleicht Buchen, der Boden fühlt sich an wie ein Teppich aus abgefallenen Blättern mit nur wenig Schnee bedeckt. Wir entdecken eine Lichtung, in der Mitte ein Unterstand und Futterplatz für Wild. Tom hebt mich auf das Heu. Wir blicken uns in die Augen. Ein Gefühl unendlicher Lust, ich spüre alles, die Leidenschaft will nicht enden. Sein Körper, seine Wärme, seine Küsse, ich will Tom niemals wieder hergeben. Soll ich vor Freude schreien oder vor Verzweiflung weinen? Ich weiß überhaupt nicht, ob ich mit diesem Zustand umgehen kann. Total benommen brachte mich Tom weit nach Mitternacht vor die Haustür.

Vom 02.01. bis zum 12.02. keine Einträge.
Ich habe keine Lust und keine Kraft, jeden Abend in mein Tagebuch zu schreiben. Ich bin total gefangen von meinen Gefühlen für Tom. Schule und Elternhaus leiden unter meiner Laune. Ich muss versuchen, wieder für mich etwas zu tun. Schlaftabletten reichen mir nicht mehr. Was muss ich nehmen, um ruhiger zu werden?

12.02.
Die Unruhe in mir, die Angst Tom zu verlieren, sie machen mich wahnsinnig.
Mama und Papa sind zum Vorleseabend in der Räucherkate Wattenbek. Habe das Schlüsselbund genommen und gehe nach unten in die Apotheke. Ich fühle mich schlecht, habe Magenprobleme. Der alte weiße Schrank im Hinterraum muss der Aufbewahrungsort für Opiate sein. Der vierte Schlüssel endlich ist der richtige. Was muss ich nehmen, was tut mir gut? Ich lese die Zusammensetzungen auf den Packungen und nehme dann doch die erste.

19.02.
Heute sehe ich Tom wieder. Wir treffen uns wie immer gegen 17.00 Uhr am Mühbrooker Meer. Es schneit ununterbrochen. Mir ist nicht gut, mich friert überall. Meine Füße sind eiskalt. Eng umschlungen laufen wir ein paar Schritte. „Tom, ich möchte mit dir zusammen was ausprobieren. Bitte lass uns gemeinsam etwas einnehmen, was uns in ganz großartige Stimmung bringt."
Tom ist entsetzt. „Du kannst Dich volldröhnen wie du willst, ich möchte davon nichts." Ich probiere dennoch das Medikament, um Tom zu beweisen, wie gut es einem tut. Mir wird nach wenigen Minuten total schlecht. Tom ist entsetzt. „Nimm so etwas nie wieder, sonst verlasse ich Dich. Du sagst, dieses Zeug hast du deinem Vater aus dem Giftschrank entwendet? Ich kann das nicht fassen!" Das waren seine Worte. Tom hatte natürlich recht. Ich probiere dennoch weiter. Irgendwie muss ich mich wieder aufbauen.

21.02.
Tom hat unser Treffen abgesagt ohne Grund. Ich muss mich ändern. Alle Beruhigungsmittel aus Papas Giftschrank stecke ich in die Innentasche meines Anoraks. In der undurchdringlichen Schilfecke des Sees buddele ich ein Schuhkarton-großes Loch, schmeiße die Packungen hinein und verschließe alles mit einem großen Stein. Ich rufe Tom noch an dem Versteck an. „Ich habe alles in den See geschmissen, Du weißt schon! Komm bitte zu mir!" Ich warte auf Tom. Aber umsonst, er kommt nicht. Traurig, müde gehe ich nach Hause. Als Papa am nächsten Mittag erzählt, dass aus dem Giftschrank Opiate und Barbiturate fehlen und er die Polizei benachrichtigt hat, gebe ich mich erstaunt. Ich merke, Papa hat mich zu keiner Zeit in Verdacht.

22.02. bis 02.04. keine besonderen Vorkommnisse. Tom ist verändert. Er lässt mich einige Male sitzen. Ich rufe immer wieder vergeblich auf seinem Handy an, um mich zu verabreden. Mir geht es schlecht, ich fühle mich krank.

03.04.
Mama macht sich Sorgen um meine Gesundheit. Ich verspreche, zum Arzt zu gehen. Ich bringe es tatsächlich fertig, mir einen Termin bei Frau Dr. Müller, der Frauenärztin in Kiel-Molfsee, für den 10.04. nachmittags 15.00 Uhr zu holen. Ich habe so ein ungutes Gefühl.

10.04.
Seit heute Nachmittag weiß ich, dass ich schwanger bin, und zwar im dritten Monat. Frau Dr. Müller hat gesehen, wie schockiert mich diese Nachricht macht. Sie redet ruhig auf mich ein, gibt mir Ratschläge. Ich höre sie nur von weitem. Meine Gedanken kreisen um Tom, meine Eltern, meine Schule und meine totale Ausweglosigkeit. Abends rufe ich Tom auf seinem Handy an. Er ist wieder einmal nicht zu erreichen. „Tom, wir müssen sprechen, ich muss dir etwas sagen!"
Tom meldet sich gegen 22.00 Uhr. Wir verabreden uns für den nächsten Abend an unserem bekannten Treffpunkt.

11.04.

Aussprache mit Tom. Meine Zweifel werden immer größer. Ich bringe es nicht fertig, ihm die Wahrheit zu sagen. Wir streiten uns um Kleinigkeiten. Zukunftspläne spreche ich an, er weist erst einmal alles von sich. Was würde er sagen? Würde er die Abtreibung verlangen? Ist er mir überhaupt noch treu?

29.04.

Ich höre nichts mehr von Tom. Ich kann anrufen, wann ich will. Er hat sein Handy ausgeschaltet. Was hat das zu bedeuten? Auf dem Schulhof merkt Astrid meine Verzweiflung und besorgt mir auf mein inniges Bitten etwas zu rauchen. Ich will gar nicht wissen, wie und von wem. Mein Taschengeld reicht nicht mehr. Ich erfinde Sachen gegenüber meinen Eltern, damit sie ahnungslos bleiben. Astrid und ich verabreden uns wieder zu einem Kinobesuch im Kieler Cap. Der Zug hält in Flintbek. Ich habe es immer geahnt: Tom und Sandra, Hand in Hand auf dem Bahnsteig. Er hat also eine andere. Meine Wut ist grenzenlos. In Kiel steigen wir alle aus. Ich renne auf Tom zu, schreie meine ganze Wut heraus. „Du Feigling, du Idiot, du lässt mich einfach so in Stich, ich kann es nicht fassen!" Astrid versucht mich zu beruhigen, sie schreit ebenfalls auf mich ein. Wir laufen Richtung Hindenburgufer. Ich weiß nicht mehr wohin. Kino interessiert mich nicht mehr. Astrid lässt mich allein am Wall zurück. Sie ist wütend, dass ich mich überhaupt nicht mehr zusammenreißen kann. Ich spreche von Abtreibung, von Selbstmord und weine ununterbrochen.

Keine Eintragung in der Zeit vom 30.04. bis 04.05.

05.05.

Meine Mutter ahnt etwas, ist entsetzt und will Tom zur Rede stellen. Viele Gespräche folgen. Ich bleibe trotzdem mit meiner Situation allein und weiß keinen Rat. Abtreibung, wie soll das gehen? Ich habe Angst davor. In der Schule fühle ich mich noch am wohlsten, ich spiele das jedenfalls so.

Astrid ist zwar oft an meiner Seite, aber sie weiß auch keine Lösung.

Wie haben es andere in dieser Situation geschafft? Wem ist es ähnlich ergangen? Nach stundenlanger Suche im Internet weiß ich immer noch nicht weiter. Tom jetzt mit Sandra! Ich könnte ihm nie verzeihen!

13.05.
Mir ist alles egal. Papas Schlüsselbund liegt wieder offen auf der Garderobe. Ich riskiere wieder einen Einbruch in seinen Giftschrank und hole mir das stärkste Mittel. Es beruhigt mich, zu wissen, dass ich jederzeit eine Lösung finden kann, die endgültig ist.

14.05.
Mein Entschluss ist so nahe. Ich schreibe Tom einen letzten Liebesbrief. Er soll ihn finden, wenn für mich alles vorbei ist. Unser Versteck in der Baumhöhle, er wird ihn irgendwann dort finden müssen. Ich gebe mich zu Hause zum ersten Mal fröhlich, als ich mein Elternhaus verlasse. Einen Cocktail aus vielerlei Gift in Cola aufgelöst habe ich dabei. Werde ich es machen oder nicht? Ich weiß es noch nicht.
Mein Tagebuch stecke ich in den Rucksack. Es ist mir immer so wichtig gewesen. Es soll bei mir sein, wenn es passiert.

39.
Bielfeld kam ihnen bereits im Treppenhaus entgegen.
„Gut, dass Sie mich gleich verständigt haben."
„Ich möchte mir ja nicht wieder den Vorwurf machen lassen, ich verbummele alles."
„Vielleicht war ich damals ja zu direkt. Ich hatte mich geärgert. Und schließlich kennen wir uns so gut, dass man auch mal seinem Ärger Luft machen kann."

128

„Alles klar. So weiß man wenigstens, wo man dran ist", sagte Friedberg lachend. „Aber zunächst einmal möchte ich Sie mit Silvia bekannt machen. Ich glaube, Sie kennen sich noch nicht. Silvia Mölen, arbeitet im offenen Vollzug in Bordesholm und hatte guten Kontakt zu Tom Berloni." Mit einer Handbewegung wies sie auf Bielfeld hin und stellte ihn vor: „Und das ist der dir zumindest vom Namen her seit langem bekannte Hauptkommissar Bielfeld, früher einmal Polizeichef bei uns in Bordesholm, jetzt Leiter der Mordkommission im Fall Tom Berloni." Die beiden Besucher wurden in einen Besprechungsraum der Mordkommission geführt, wo sie bereits eine Sekretärin erwartete, die das Protokoll führen sollte.

„Schön, dass Sie sich die Zeit genommen haben, nach Kiel zu kommen", begann er die Besprechung. „Im Augenblick habe ich so viel zu tun, dass ich nicht gewusst hätte, wie ich in dieser Woche noch einen Lokaltermin im Vollzugsheim und vielleicht auch noch an der Schmalsteder Mühle zeitlich hätte unterbringen können. Ihr Bericht liegt mir ja bereits als Mail vor. Aber fassen wir doch erst noch einmal die Fakten zusammen. Dann können wir uns später vor Ort treffen, falls das dann noch notwendig sein sollte."

„Das wäre sicherlich hilfreich. Dann sollte auch Sandra Zimmermann dabei sein, die zurzeit auf Klassenfahrt ist und daher heute nicht mitkommen konnte."

„Entschuldigung, Sandra Zimmermann war die Freundin von Tom Berloni. Richtig?"

„Ja. Aber das ist etwas komplizierter. Vorher, als Tom noch mit Mona, der Tochter des Apothekers, befreundet war, Sie erinnern sich, Mona Schuster, die Selbstmörderin von der Lügenbrücke."

„Ja, ich erinnere mich noch sehr gut."

„Also damals war Sandra mit Jörg Janson zusammen. Aber sie hat ihm den Laufpass gegeben, als sie sich in Tom verliebt hatte. Nach Toms Verschwinden hat dieser Jörg dann versucht, sich wieder an Sandra ranzumachen. Zunächst auch wohl ganz erfolgreich."

„Richtig. Und dann hat er sich verplappert, sagen Sie, und nun ist er verdächtig, seinen einstigen Nebenbuhler umgebracht zu haben."

„So ist es."

„In Ihrem Bericht äußern Sie den Verdacht, dass dieser Jörg nach dem Mord an Berloni in dessen Zimmer eingedrungen ist, dessen Ausweispapiere, Scheckkarte und Laptop gestohlen hat, außerdem noch Schmuckstücke und Liebesbriefe, die für seine Sandra bestimmt gewesen waren."

„Richtig", bestätigte sie, „und um vorzutäuschen, Tom sei geflohen, hat er diese Briefe von einer Reise nach Dresden und Prag an Sandra geschickt, um sie im Glauben zu lassen, er lebe noch und denke an sie."

„Ich weiß. Und, vermutlich um seine Unschuld zu demonstrieren, schreiben Sie, hat er in Bordesholm einen Trauermarsch zugunsten von Tom organisiert, als dessen Leiche gefunden worden war. Dabei hat er eine herzzerreißende Trauerrede gehalten, um sich bei Sandra einzuschmeicheln."

„Darüber hinaus wusste er über Sandra offenbar Dinge, die eigentlich nur Tom hatte wissen können. Zugegeben, alles nur Vermutungen. Aber dieser Jörg scheint mir nach alledem extrem verdächtig."

„Wir haben Ihren Bericht, soweit das möglich war, überprüft. Fest steht, dass Jörg Janson während der fraglichen Zeit wirklich in Prag und Dresden gewesen ist. Wir haben zwei Hotels herausgefunden, in denen er sich als Tom Berloni angemeldet und ausgewiesen hat. Aber die Überwachungskameras identifizieren den Gast eindeutig als Jörg Janson."

„Und nun? Haftbefehl?"

„Warten Sie ab, Frau Kollegin. Dieser Jörg läuft uns nicht weg, solange er nicht mitbekommt, dass wir ihn verdächtigen."

„Und nun zu Ihnen, Frau Mölen", wandte er sich an die andere Besucherin. „Haben Sie seinerzeit Spuren eines Einbruchs in Berlonis Zimmer feststellen können?"

„Für so etwas bin ich nicht verantwortlich. Und der Hausverwaltung ist nichts weiter aufgefallen. Man nahm ja an, Tom sei geflohen. Als man mich dann bat, im Zimmer nachzusehen, ob Dinge abhanden gekommen seien, die ich vorher dort gesehen hatte, die er also mitgenommen habe, stellte ich fest, dass Laptop, Dokumente und Schreibsachen fehlten."

„Und Sandra könnte alles, was in Ihrem Bericht steht, bestätigen?"
„Sie hat mir ihre Beobachtungen und ihren Verdacht vertraulich mitgeteilt. Aber ich zweifle nicht daran, dass sie all das auch als Aussage der Polizei zu Protokoll geben würde."
„Gut. Warten wir ab, bis sie wieder da ist. Dann laden wir sie vor. Sicherheitshalber sollte sie dann im eigenen Interesse unter Bewachung gestellt werden. Es scheint ja ein Mörder in ihrer nächsten Umgebung zu sein. Und dem wird klar sein, dass sie zur gefährlichsten Zeugin seines Mordes werden kann..."

40.
„Sie sind bestimmt Sandra Zimmermann?"
Eine kleine untersetzte Frau in Uniform stand vor ihr.
„Ja, genau, Frau Friedberg hat mich zu einer Vernehmung herbestellt. Aber ich habe doch nichts Böses getan. Warum spricht sie dann von einer Vernehmung?"
„Keine Angst. Wir befragen Sie lediglich als Zeugin. Auch das heißt nun mal ‚Vernehmung'. Aber jetzt nehmen Sie erst einmal Platz. Es wird noch etwas dauern. Die Kommissarin ist noch in einer Teambesprechung. Mögen Sie einen Kaffee, einen Tee oder vielleicht lieber ein Glas Wasser?"
Sandra zögerte, entschloss sich aber doch, etwas zu trinken.
„Ein Glas Wasser bitte."

„Hallo, Sandra gut, dass du gekommen bist."
Erika öffnete die Tür.
Sandra ließ sich auf der Sitzgruppe nieder.

„Haben sie Neues im Fall Tom Berloni? - Frau Friedberg, sagen Sie mir doch, um was es geht."
Erika Friedberg holte tief Luft.
Sandras Gedanken irrten ab.
Ausgerechnet ich musste Tom begegnen. Nachdem Mona mich mit Tom in Kiel erwischt hatte, zog er sich immer mehr zurück.
Dann kam die furchtbare Feststellung der Kommissarin:

„Unser Hauptverdächtiger ist im Moment dein Ex- Freund Jörg!"
Völlig geschockt starrte Sandra zu Erika hinüber.
„Das ist unglaublich, so weit kann er doch unmöglich gegangen sein."
Sie sprang auf. Die Hälfte des Wassers schwappte aus dem Glas.
„Setz dich, ich bin noch nicht fertig."
Sandra setzte sich mit wackeligen Knien wieder hin und wartete auf die nächsten Fragen.
„Bei deiner letzten Aussage spielte ein Kleid eine wichtige Rolle."
„Ja, das ist richtig, Jörg sagte bei unserem Spaziergang am See, wie gut die Ohrringe zu meinem blauen Kleid passen würden. Ich habe ihn darauf angesprochen und gefragt, woher er von dem Kleid wusste."
„Und? Woher weiß Jörg davon? Hat er es schon einmal an dir gesehen?"
„Angezogen hatte ich es noch nie, Tom hatte es für mich in Mailand anfertigen lassen, da dort ein Cousin Schneider ist. Er bekam es als Verlobungsgeschenk zugeschickt."
„Das ist interessant. Jörg muss also Toms Briefe gelesen haben. Oder er hat noch eine ganz andere Informationsquelle."
„Sonst habe ich auch keine Erklärung. Erzählt habe ich niemandem von dem Kleid!"
„Vermutlich weiß er es wirklich aus Toms Liebesbriefen. Wir wissen inzwischen, dass Jörg zum fraglichen Zeitpunkt in Prag und Dresden gewesen ist. Dort wird er die Briefe aufgegeben haben. Zählen wir eins und eins zusammen. Leider bleibt Jörg mein Hauptverdächtiger!"
Erika griff zum Telefon:
„Verbinden sie mich mit dem Oberstaatsanwalt, es geht noch einmal um Tom Berloni!"

Erika Friedberg telefonierte noch und nickte Sandra zu.
„Ja, sie sitzt mir gegenüber, sie muss nur noch ihre Aussage unterschreiben."
„Gut ich hole den Schrieb gleich ab!"
Sie legte auf.

„So, das reicht erst mal, ich melde mich bei dir, sobald neue Infos vorliegen. Mädel lass den Kopf nicht hängen, wir werden den Mörder aufspüren. Versprochen."

„Ihren Optimismus möchte ich haben."

Sie gab ihr die Hand, öffnete die Tür.

„Auf Wiedersehen, Sandra."

Ein gequältes Lächeln huschte über Sandras Gesicht.

41.

„Hallo Bettina, warte doch mal einen Moment."

Die Angesprochene blieb in der Tür des Jugendtreffs stehen und drehte sich nach Jörg um.

„Ja, was gibt es denn? Soll ich wieder reinkommen? Ich wollte gerade nach Hause."

„Dauert nicht lange. Nur eine kleine Frage."

Jörg ging voraus in die Küche. Er setzte sich auf die Eckbank unter dem Fenster. Bettina zog ihren Mantel aus, legte ihn über einen Stuhl und setzte sich Jörg gegenüber. Die hübsche Auszubildende trug einen eng anliegenden Pullover. Jörg gefiel, was er da sah. Bettina bemerkte seine Blicke und fragte sich, was der Jugendgruppenleiter, der sie sonst kaum beachtete, jetzt plötzlich von ihr wollte.

„Du, Bettina, du machst doch Sandra die Haare, nicht? Hat sie mir jedenfalls erzählt."

„Ja, einmal in der Woche. Ich kann sie gut gebrauchen. Als Modell für meine Ausbildung."

„Habt ihr regelmäßige Termine? Und wo trefft ihr euch? Bei dir zu Hause, vermute ich.

,Was soll diese Fragerei?', dachte Bettina. Da rückte Jörg schon mit seinem Anliegen heraus:

„Wann ist denn der nächste Termin?"

„Weshalb willst du das denn wissen? Soll ich euch einen Partnerlook verpassen?"

Jörg lachte. Ganz schön kess, die Kleine.

„Lieber nicht. Aber ich habe ein Problem, und du könntest mir helfen, es zu lösen."

Jörg beugte den Oberkörper über den Tisch:

„Du weißt doch, dass zwischen Sandra und mir etwas ist. Aber nun, nach dem Tod von Tom, läuft sie vor mir weg. Ich habe keine Chance. Telefon nimmt sie nicht ab, ihr Handy ist tot, zu Hause macht sie mir nicht auf, und hier in den Treff kommt sie auch nicht mehr."

„Das ist uns auch schon aufgefallen. Aber was kann ich dabei tun?"

„Ganz einfach. Du sagst mir ihren nächsten Friseurtermin bei dir. Mehr will ich nicht."

„Ach, und du tauchst da ganz zufällig auf. Ich glaube es nicht! Weißt du auch, wie ich Sandra das erklären soll?"

„Gar nicht. Ich werde vor dem Haus warten, und wenn sie rauskommt, überrasche ich sie. Sie wird nicht erfahren, dass ich mit dir gesprochen habe."

Er lächelt sie gewinnend an:

„Außerdem wird sie dir dankbar sein, wenn sie es erfährt. Ich will mich nämlich mit ihr versöhnen."

„Na ja, also denn, sie kommt immer am Freitagnachmittag zu mir. Wir haben eine kleine Frisierstube, meine Mutter und ich. Sie ist ja auch Friseurin. Um 16 Uhr kommt Sandra."

„Und wie lange dauert das?"

„So ungefähr eine Stunde."

Jörg sprang auf, drückte der verdutzten Bettina einen Kuss auf die Wange. Die schnappte sich ihren Mantel, warf ihn über und beeilte sich, aus dem Jugendtreff zu kommen.

„Morgen also, morgen. Tag der Entscheidung.'"

Jörg lächelte. Aber es war kein fröhliches Lächeln.

Sandra blieb im Bett liegen. Die Ermahnungen ihrer Mutter ließ sie über sich ergehen, drehte sich einfach weg.

„Lass mich. Hat doch alles keinen Zweck!"

Wenigstens waren die Anrufe von Jörg ausgeblieben. Und die ganze Nacht keine SMS. Das war gut so. Der hatte wohl eingesehen, dass es nichts werden konnte mit ihnen. Erst musste dieser furchtbare Verdacht aus ihrem Kopf.

„Ich gehe jetzt. Vergiss nicht, dass heute dein Friseurtermin ist. Vielleicht bringt Bettina dich auf andere Gedanken."

Sandra grübelte. Sollte sie heute zu Bettina gehen? Ihre Frisur war ihr egal, im Moment jedenfalls. Aber war sie es Tom nicht schuldig? Die Beerdigung sollte Montag sein. Sie würde sich wohl noch etwas Schwarzes kaufen müssen. Mal sehen, ob es in Bordesholm etwas gab. Bei Gabrielle könnte sie mal gucken und bei Moldenhauer. Vielleicht hing ja auch im Second-Hand-Laden gegenüber zufällig das Richtige. Oder der Trend Point. Auch Orange 2 war noch da. Ach, Auswahl gab es eigentlich genug in Bordesholm. Und dann würde sie die Haare auch in Form bringen lassen.

Sandra stand auf und ging zum Telefon. Sie wählte die Nummer von Bettina. Aber es meldete sich nur der Anrufbeantworter.

„Hallo Bettina", sprach sie auf das Band, „ich bin es, Sandra. Ich komme heute Nachmittag zu dir. Wie immer um 16 Uhr. Melde dich bitte, wenn es nicht passt."

Jörg arbeitete verbissen. Obwohl er keinen Dienst hatte, war er schon am Vormittag im Jugendtreff. Noch war niemand da, und er ging allein hinunter in den Bootsschuppen am See. Dort machte er sich daran, die Sommerspielzeuge beiseite zu räumen. Er zuckte zusammen, als er angesprochen wurde:

„Was liegt an? Willst du in den Süden?"

Jürgen, der freundliche Mann von den Seeterrassen, lachte.

„Nein – nein. Sieht so aus, nicht? Aber eines der Kanus muss repariert werden. Und ich habe jemanden gefunden, der das perfekt macht. Hier vor Ort. Das Boot muss nur zugänglich sein."

„Na, denn packen wir doch gleich mal an. Welches ist es denn?"

Zu zweit war das Kunststoffboot schnell über alle möglichen Spielgeräte hinweg in den Eingang des Bootshauses gehoben.

„Danke, das war sehr nett", bedankte sich Jörg.

„Da nicht für!", strahlte der Kioskbetreiber und machte sich wieder an seine Arbeit. Es war schön, dass der Kiosk am See unter dem Namen „Seeterrassen" jetzt wieder regelmäßig geöffnet hatte.

135

Jörg war in den Jugendtreff zurückgekehrt und blätterte im Telefonbuch. Hartz oder Harz? Wie schrieb sich Bettinas Nachname? Hartz mit ‚tz‘ gab es drei Einträge, einen davon ohne Adresse. Und Harz hieß nur jemand im Duvendiek. Angelika Harz. Jörg glaubte, sich zu erinnern, dass Bettina in Alt Bordesholm wohnt. Aber er musste sicher sein. Also wählte er die Nummer.

„Bettina Harz. Bitte sehr?“

Sie hatte neben dem Telefon gestanden und sofort abgehoben. Jörg war überrascht, stammelte „…falsch verbu…“ und legte auf.

Bettina hatte die Nummer des Jugendtreffs auf dem Display gesehen und Jörgs Stimme erkannt. ‚Jörg? Und dann aufgelegt? Zu schüchtern ist der doch sonst nicht. Na ja, ‚Männer‘, schoss es ihr durch den Kopf. Vielleicht ja ganz schön, wenn er nervös wird, sobald er meinen Namen hört.‘

Für den nächsten Anruf musste sich Jörg besser vorbereiten. Das war ihm klar geworden. Oder sollte er jemanden anrufen lassen? Aber wen? Jörg grübelte. Endlich hatte er die Idee. Er nahm einen Bogen und machte sich Notizen.

Dann wählte er erneut die Telefonnummer von Angelika Harz.

„Angelika Harz, ja, bitte?“

Jörg hatte Bettina erwartet. Aber er war ja vorbereitet. Er las einfach von seinem Zettel ab. Die Stimme brauchte er ja nicht zu verstellen. Aber er ließ das Tuch vor der Sprechmuschel:

„Versorgungsbetriebe Bordesholm. Mein Name ist Schulz. Wir haben eine Verlosung vorgenommen. Es geht um den schnellen Internetzugang über Breitband. Alle Haushalte in Alt Bordesholm wurden beteiligt…“

Weiter kam Jörg nicht, Angelika Harz unterbrach ihn:

„Aber ich habe mich an nichts beteiligt. Nichts unterschrieben…“

„Ist ja auch nicht nötig. Alle Haushalte mit Glasfaseranschluss in Alt Bordesholm sind automatisch beteiligt. Über die Stromzähler. Und Sie haben gewonnen.“

„Gewonnen? Was denn?“

Hatte sie das vergessen? Gewonnen hatte sie doch ohnehin schon:

Set einem Jahr bereits hatte sie Telefon, Fernsehen und Internet über die superschnelle Breitbandleitung

KNÖV-NetT
- Gigabit-Internet
- HD und 3D-TV
- Telefonieren

„Einen großen Präsentkorb mit Wurstwaren. Und ein Beratungsgespräch über unser KNÖV-Net."

„Na toll. Aber ich gehe keine Verpflichtung ein!"

„Nein, natürlich nicht. Aber leider haben wir vergessen, Sie zu informieren. Die Übergabe der Gewinne mit Pressefoto und so findet schon heute statt. Um 16 Uhr in dem Sitzungssaal der Versorgungsbetriebe. Können Sie da kommen?"

Jörg glaubte zu hören, wie es im Kopf der Frau am anderen Ende der Leitung rotierte. Dann kam die erlösende Antwort:

„Ja, ich werde da sein. In der Bahnhofstraße, hinter Neukauf, nicht?"

„Ja, und entschuldigen Sie bitte, dass ich Sie so spät benachrichtigt habe. Das ist ein Versehen unsererseits. Also bis um 16 Uhr."

„Wie war noch Ihr Name, Herr…"

Aber Jörg hatte bereits aufgelegt.

Jörg fuhr einkaufen. Im Outdoorladen in Flintbek fand er, was er brauchte. Zwei Schlafsäcke, Campingkocher mit Topf und Gaskartuschen, Lampen, ein Fahrtenmesser. Er ließ alles in einen Seesack packen und kaufte einen zweiten dazu. Den füllte er mit Lebensmitteln, die er im Supermarkt einkaufte. Vor allem Haltbares. Knäckebrot und Dauerwurst, Dosen und Gläser mit Fleisch und Gemüse, eingeschweißten Käse, Teebeutel und Zucker, es wurde immer mehr.

„Wenn ich wüsste, wie lange es dauern wird…", brummte er vor sich hin, als er eine Spielesammlung entdeckte und sie in den Einkaufswagen legte. Batterien fehlten noch. Von zu Hause holte er ein Kofferradio und den Picknickkorb seiner Eltern. Er fuhr zum Bootshaus und zog das Kanu bis an die Wasserlinie. Dann lud er die Sachen in das Boot und deckte es mit einer Plane ab. Um 15.30 Uhr war er fertig, ging kurz in den Jugendtreff, begrüßte dort alle Anwesenden besonders herzlich und fuhr bald nach Hause.

Auf seinem Zimmer zog er sich um, warme Sachen. Im Flur fiel sein Blick auf die Post, die Mutter ihm sorgfältig auf der Flurgarderobe aufgestapelt hatte. Sie warf nichts weg, was an ihn adressiert war, nicht die unsinnigste Reklame. Einmal hatte er ihr Vorwürfe gemacht, nachdem sie einen Katalog entsorgt hatte, den er angefordert und gebraucht hätte. Oberflächlich blätterte er durch den Stapel. Da fiel sein Blick auf eine große Postkarte. Sie zeigte den Dresdner Zwinger und war an ihn adressiert. Er las die Unterschrift: *„Mit lieben Grüßen von Deiner Jana"* stand da.

‚Was will die denn?', dachte Jörg und las den Text:

„Hallo Jörg, liebe Grüße aus Dresden. Du kennst die Stadt doch, nicht? Ich bin mit meinem Bürgermeister hier, der hat mich als ‚Handgepäck' auf eine Tagung mitgenommen. Tagsüber bin ich meist allein, abends mit ihm zusammen. Gestern haben wir die Salome gesehen."

Was war das denn? Was sollte die Andeutung mit Dresden? Was wusste die Tusse? Soll mich in Ruhe lassen.

Jörg war verwirrt. Dann zerriss er die Karte und warf sie in den Abfalleimer in der Küche. Es war 15.55 Uhr, als er losfuhr.

Die Zeit des Anmarsches ist immer die aufregendste. Nicht der Kampf selbst. Die gespannte Aufmerksamkeit, die Konzentration auf das Kommende, die Möglichkeit, noch auszusteigen oder umzukehren, alles das hat Jörg in Filmen immer wieder fasziniert. Der Flug der „Wildgänse" zu ihren Himmelfahrtkommandos nach Afrika. Oder der Ritt der „Glorreichen Sieben" in die unterdrückte Stadt. Und jetzt befand er sich auf einem Anmarsch, von dem es am Zielort kein Zurück mehr geben würde. Es schien ewig zu dauern. Tausend Gedanken schossen ihm durch den Kopf.

Wildhofstraße – Duvendiek. Er stand vor dem Haus. Letzte Chance, weiter zu fahren. Nein, jetzt nicht mehr. Er öffnete die Wagentür und ging entschlossen zum Hauseingang. Auf sein Läuten hörte er Frauenstimmen, dann wurde die Tür geöffnet. Bettina stand im Türrahmen, einen Kamm in der Hand.

„Jörg? Du? Was willst du denn? Ich habe jetzt keine Zeit!"

Jörg schob sie beiseite, trat in den Flur und sagte:

„Brauchst du auch nicht. Verhalte dich bitte nur ruhig! Wo ist Sandra?"

Bettina wies mit dem Kamm auf eine offen stehende Tür.

„Ich möchte jetzt mit Sandra alleine sprechen. Wo ist Euer Telefon?"

„Im Wohnzimmer."

„Dann geh in die Küche. Bleib da. Und gib mir dein Handy."

„Jörg! Was soll das werden? Du willst ihr doch nichts tun?"

„Nein. Nur mit ihr reden. Ganz ruhig. Sie hat mich nicht an sich heran gelassen, Telefon nicht abgenommen, SMS nicht beantwortet. Ich will nur mit ihr reden. Allein. Bleib bitte in der Küche."

„Bettina! Was ist? Können wir weiter machen?", hörten sie Sandras Stimme aus dem Frisierraum. Jörg hielt sich den Zeigefinger auf den Mund:

„Pst! Und ab in die Küche!"

Er ging in das Frisierzimmer. Sandra erblickte ihn im Spiegel. Sie erstarrte. Dann brach es aus ihr hervor:

„Du? Was willst du denn hier? Ich will mit dir nichts zu tun haben. Und mit deinen Machenschaften. Hau ab!"

„Sandra, bitte sei ruhig. Ich will nur mit dir reden. Über alles. Nur ein paar Minuten. Bettina bleibt so lange in der Küche."

„Hast du sie eingesperrt?"

„Nein, du kannst zu ihr. Sie will uns reden lassen."

Sandra schoss aus dem Frisiersessel, lief zur Küchentür und riss sie auf:

„Bettina. Alles OK?"

„Ja. Jörg wollte allein mit dir reden. Ist in Ordnung."

Jörg drückte die Küchentür zu.

„Ich will dich nicht aufgeben, Sandra. Ich liebe dich. Gib uns eine Chance!"

Jörg ergriff ihre Hände, die Sandra ihm sofort entzog.

„Was heißt hier aufgeben. Als ob du mich jemals gehabt hättest. Und dann die Sache mit Tom. Was hast du mit seinem Tod zu tun?"

„Nichts. Aber das kann ich dir nicht so schnell erklären. Wir brauchen Zeit, einander auszusprechen. Komm mit, ich weiß einen ruhigen Platz."

„Mit dir gehe ich nirgendwo hin, Jörg Janson. Nicht, bevor die Sache mit Tom zweifelsfrei geklärt ist. Und auch dann nicht."

„Du wirst müssen. Zieh dir die Jacke an und komm!"

Sandra bemerkte, wie sich seine Stimme sonderbar veränderte, ganz kalt wurde. Sie sah, wie er ein Messer aus der Tasche zog.

Angelika Harz stand um 15.55 Uhr vor dem schweren Eisengitter, das die Versorgungsbetriebe Bordesholm vor unliebsamen

Besuchern schützte. Kein Licht, keine Autos auf dem Parkplatz. Na gut, Freitagnachmittag. Aber hatte sie sich denn dermaßen geirrt? Der Typ hatte doch ausdrücklich gesagt, bei den Gemeindewerken in der Bahnhofstraße. Oder hatte sie etwas falsch verstanden in der Aufregung? Sie kramte nach dem Handy in der Jackentasche und wählte die Nummer der Auskunft.

„Darf ich Sie gleich verbinden?"

„Ja, bitte."

Rauschen in der Leitung, dann eine sanfte Frauenstimme:

„Sie sind verbunden mit den Versorgungsbetrieben Bordesholm. Leider rufen Sie außerhalb unserer Dienstzeit an. Möchten Sie eine Störung melden, so wählen Sie..."

Angelika Harz unterbrach die Verbindung. Kopfschüttelnd stieg sie wieder in ihren Wagen. Sollte sich jemand einen Scherz erlaubt haben? Aber was sollte das? Oder fand die Preisverleihung in einem Lokal statt, und der Trottel hatte es ihr falsch gesagt.

Sie wendete ihren Wagen und fuhr über die Bahnhofstraße, die Holstenstraße in die Heintzestraße. Bei Schlachter Bracker hielt sie kurz an. Etwas Aufschnitt zum Abendbrot fehlte. ‚Wenn ich schon keinen Präsentkorb bekomme, muss ich mir ja selbst etwas kaufen.' Mit einem Stück Wildsalami, gekochtem Schinken und Presskopf verließ sie das Geschäft und fuhr weiter über die Wildhofstraße in den Duvendiek.

„Bettina! Hör zu! Du wirst uns Zeit geben. Zwei Stunden lang erzählst du niemandem etwas. Dann bist du sicher, dass Sandra nichts passiert. Dann sind wir in Sicherheit."

Jörgs Stimme hatte drohend geklungen, aber sie hatte immer nur auf das Messer gestarrt.

„Ja, ja, ich sag nichts. Aber tu Sandra nichts. Bitte!"

„Nein, ich liebe sie doch. Ich brauche Zeit, mit ihr zu reden. Lass uns den Vorsprung, Bettina, bitte!"

Dann waren sie aus dem Haus am Duvendiek gegangen und in Jörgs Auto gestiegen. Als sie in die Wildhofstraße einbogen, begegnete ihnen die enttäuschte Angelika Harz in ihrem kleinen roten Auto.

„Was soll das? Wohin bringst du mich? Und leg endlich das blöde Messer weg. Oder willst du mich wirklich abstechen?"

Sandra versuchte, souverän zu klingen, aber es lag doch Unsicherheit in ihrer Stimme.

„Wirst schon sehen. Wo wir ungestört sind. Und reden können. In aller Ruhe und so lange, wie wir brauchen."

„Wo soll das sein? Irgendwann wird Bettina die Polizei anrufen. Dann werden sie nach uns suchen."

„Sollen sie. Uns finden sie nicht!"

Jörg parkte das Auto vor dem Jugendtreff. Das schien ihm unverdächtig. Dort stand es doch immer. Er hinderte Sandra daran, den Sicherheitsgurt zu öffnen.

„Sandra, mach jetzt bitte nichts falsch. Ich will wirklich nur mit dir sprechen. Versuch nicht, weg zu laufen. Denke daran, dass ich das Messer habe!"

Schnell sprang er aus dem Wagen, lief zur Beifahrerseite und zog Sandra heraus. Sie fest im Arm haltend, führte er sie hinunter zum See. Vor den Seeterrassen bog er rechts ab zum Bootshaus. Er nahm die Plane von dem bereit stehenden Kanu und warf sie in das Boot.

„Steig ein!", befahl er und schob das Kanu ins Wasser.

Dann paddelte er mit seiner Fracht auf den See hinaus.

Bettinas Mutter öffnete erbost die Haustür. Bevor ihre Tochter den Mund auftun konnte, legte Angelika Harz los:

„Solch ein Schwachsinn! Verlosung! Kein Mensch da!"

Bettina verstand nur, dass irgendetwas schief gelaufen war, und fragte nach. Konnte das mit Jörg und Sandra zusammenhängen?

„Wo warst du denn? Welche Verlosung?"

„Von den Versorgungsbetrieben. Wegen Breitband. Wir haben einen Präsentkorb gewonnen. Den sollte ich abholen..."

„Weshalb weiß ich nichts davon?"

„Die hatten vergessen, uns zu informieren. Heute rief einer an. Ganz nett, aber offenbar falsch."

Bettina überkam eine Ahnung:

„Mutti, hör mal zu. Aber ganz ruhig."

Und dann erzählte Bettina Harz ihrer Mutter, was sich ereignet hatte.

„Dann hat der Lump mich hier weg gelockt! Ich dusselige Kuh falle darauf rein!"

„Das konntest du ja nicht ahnen. Nun müssen wir überlegen, was wir tun sollen. Zwei Stunden sollte ich warten, bis ich die Polizei anrufe. Eine ist erst rum." Bettina blickte zur Uhr.

„Ich glaube, es ist besser, die Polizei sofort zu informieren. Wenn etwas passiert, sind wir sonst mit Schuld. Jörg wird Sandra schon nichts tun."

„Glaube ich auch nicht. Aber was das alles soll? Sandra kann doch einfach mit ihm sprechen. Oder ihm sagen, dass sie nichts mit ihm zu tun haben will."

Frau Friedberg wurde um 17.05 Uhr informiert. Sie verständigte sofort Bielfeld. In der Bordesholmer Polizeistation wurde ein Krisentreffen vereinbart. Um 19 Uhr saßen Kriminalbeamte aus Kiel, Schutzpolizisten aus Bordesholm und Mitarbeiter des Jugendtreffs sowie des offenen Vollzugs zusammen, um das Vorgehen zu besprechen. Als Leiter der Mordkommission ergriff Bielfeld als erster das Wort:

„Liebe Kolleginnen, liebe Kollegen, zunächst müssen wir ermitteln, ob Jörg Janson die Sandra entführt hat oder ob sie letztlich doch freiwillig mitgegangen ist. Davon hängt ja einiges ab. Wenn sie seine Geisel ist, könnten wir sie leicht in Gefahr bringen."

„Wir sollten auf jeden Fall die Verkehrswege überprüfen, soweit das möglich ist. Bahnhöfe, Flugplatz Hamburg, Fährlinien... Was für einen Wagen fährt der Janson überhaupt?"

„Einen alten Golf. Aber ich meine, der steht vor dem Treff. Habe ich eben noch gesehen", sagte der Leiter des Jugendtreffs.

Sofort wurde ein Streifenwagen zur Überprüfung losgeschickt.

42.

Jörg und Sandra paddelten gleichmäßig und routiniert. Sie kannten die Boote aus Ferienfreizeiten.

144

Es waren breite, kenterstabile Kanus, die von der Bordesholmer Sparkasse gesponsert waren.

Ein Herz für die Jugend.

Braucht nicht extra gesagt zu werden.
Versteht sich von selbst.

Deshalb trugen sie auch die rote Farbe mit dem weißen Sparkassen-S am Bug. Etwas Wind wurde spürbar, als sie aus der Bucht heraus paddelten. Wasser klatschte gegen den Bug. Das Licht des untergehenden Tages brach sich in den kräuselnden Wellen. Plötzlich ein Stoß, ein harsches Schrammen.

„Verdammt. Reusen!" Jörg drückte das Paddel gegen die Stellnetze. „Wir müssen weiter nach links, einen Bogen fahren."

Verbissen kämpften sie gegen Wind und Wellen an, bis Jörg sagte: „Weit genug. Hier stehen keine Netze mehr. Jetzt direkt auf den Anleger der Insel zu."

Die Insel im See war das Ziel. Sandra hatte sich zunächst geweigert, in das Kanu zu steigen. Aber gleichzeitig schmeichelnd, bittend und drohend hatte Jörg sie dazu gebracht, doch ein Paddel zu nehmen und sich ins Boot zu setzen. Er saß hinter ihr. Jederzeit hätte er mit dem Paddel zuschlagen können, wenn sie versucht hätte, sich zu widersetzen. Ob er immer noch sein Messer in bedrohlicher Bereitschaft hatte?

Während der ganzen Überfahrt sagte sie kein Wort. Ihre Gedanken überschlugen sich.

‚Was will er von mir? Wie komme ich von hier weg?'

Als sie am Steg der Insel angekommen waren, hatte sie sich ihre Strategie überlegt. Als wäre es ein gemeinsamer Bootsausflug zu einer geheimen Liebesnacht, spielte sie die liebe Freundin, entlud gemeinsam mit ihrem Peiniger das Kanu und trug die Sachen auf einem schmalen Pfad zur Hütte des Fischers.

„Nicht abgeschlossen. Guter Fischer!", lächelte Jörg. „Aber auch nicht geheizt und völlig duster."

Jörg kontrollierte die Fensterläden. Als alles dicht schien, stellte er die elektrische Campingleuchte auf. Er dimmte ihr Licht hinunter und glitt aus der Tür. Nachdem er das Haus umkreist hatte, war er zufrieden und ging zum Ufer herunter. Es dauerte einige Minuten, bis er das Kanu an Land gezogen und unter Büschen versteckt hatte. Nun hatte er getan, was getan werden musste. Er ging zurück ins Haus. Sandra kauerte auf einem Schlafsack:

„Alles bestens. Nun können wir essen und dann reden. Solange es sein muss und solange wir wollen. Niemand wird uns stören."

43.

Solange es sein muss?

Es musste überhaupt nicht lange sein. Sandra schien wie ausgewechselt. Sie nahm Jörg an die Hand und setzte sich mit ihm auf eines der am Boden liegenden Polster.

„Ich kann mir denken, was du mir sagen wolltest", begann sie unerwartet das Gespräch.

„Da bin ich ja gespannt."

„Ich muss dir auch etwas beichten. Weißt du, für mich war das auch alles nicht so einfach. Ich hab dich ja mal geliebt."

„Wirklich? Du erinnerst dich? Da hatte ich aber zuletzt einen ganz anderen Eindruck."

„Ich brauchte halt etwas Zeit", sagte sie. „Und eigentlich ist es auch jetzt immer noch zu früh für mich, um frei über uns zu reden. Alles kam so überstürzt. Und dann zuletzt auch noch die Bedrohung mit dem Messer. Das war furchtbar."

„Ich weiß. Aber es musste sein. Ich durfte nicht länger warten. Alle waren hinter mir her. Und am Ende hätten sie auch dich noch auf ihre Seite gezogen. Dann wäre endgültig alles aus gewesen. Ich musste sofort handeln. - Tut mir leid, dass ich dich so erschreckt habe. Glaub mir, auch für mich war das kein leichter Entschluss."

Nach diesen Worten schwiegen beide. Ratlosigkeit. Sandra ließ sich zurück auf das Polster fallen. Lähmende Stille füllte den fast dunklen Raum der Hütte. Wie sollte es weiter gehen? Wie sollte sie jemals unbeschadet wieder hier herauskommen?

Auch in ihm arbeitete es. Wie könnte er sie als Zeugin gewinnen?

Jörg nahm ihre Hand. Sie ließ es sich gefallen. Mehr noch. Sie zog seine Hand an ihr Gesicht und küsste sie.

‚Jetzt nur nichts falsch machen', dachte sie. ‚So bin ich immerhin sicher. Wenn es sein muss, schlafe ich sogar mit ihm. - Warum eigentlich nicht? Wäre ja nicht das erste Mal. War doch damals schon aufregend schön. Und nicht minder heimlich. Eigentlich … Ich liege ja schon. - Und wenn er wirklich der Mörder ist? Abenteuerlich. Wer schläft schon mit einem Mörder? Noch dazu mit seinem eigenen mutmaßlichen Mörder? Zum Sex gezwungen und dann erstochen, das liest man bisweilen. – Wo hatte er eigentlich das Messer? - Aber Sex mit dem Mörder aus freien Stücken! Aus purer Lust! Geil. Das wäre der Kick. Erwürgt in orgastischer Ekstase bei heißem Sex. Bin eine moderne attraktive emanzipierte Frau, weiß, was ich will. Lasse mich nicht einfach so als verängstigtes willenloses Opfer vergewaltigen und abschlachten. Nein. Ich bestimme, wo es lang geht. Bis zuletzt. Reiche ihm am Ende selbst das Messer, wenn er nicht selbst darauf kommt. ...'

„Was denkst Du?"

Sie erschrak. Fuhr aus ihren Fantasien auf, die sie alles um sich hatten vergessen lassen. Glaubte, sie hätte geträumt. Wo war sie? Sie öffnete die Augen. Sofort wurde ihr ihre Situation bewusst.

„Daran, wie wir das letzte Mal mit einander Sex hatten", antwortete sie träumerisch und lächelte.

„Du auch?"

Die Stille hatte jetzt einen völlig anderen Charakter angenommen.

„Ich auch."

„Aber du wolltest mir doch etwas sagen."

„Das eine, das Romantische, hast Du sicher eben schon mitbe-kommen."

„Und das andere?"

„Würde uns aus unseren Träumen wecken."

„Erst die Arbeit, dann ..."

„Gut."

„Leg los."

„Damals am Schmalsteder Mühlenteich. Du weißt, was ich meine", begann sie, und dann stellte sie ihm vor Aufregung stotternd die tödliche Falle:

"Wusstest du eigentlich, dass er, wie viele Italiener, nicht schwimmen konnte?"

Es schlug ein wie eine Bombe. Jörg sprang auf.

„Wirklich? Er konnte überhaupt nicht schwimmen? Und das sagst du erst jetzt? Dann können wir doch alles erklären!", rief er erleichtert.

Einen Augenblick dachte er nach. Dann schaute er Sandra an. Er tat so, als ob er sich bemühte, sich die Szene am Teich noch einmal ganz genau in Erinnerung zu bringen:

„Sicher. Klar. Wir haben gerangelt. Was ist schon dabei. Dann warf ich ihn nieder. Er fiel ins Wasser. Ich dachte, er taucht, will fliehen. Über den Teich. Von mir aus. Sollte er doch. Seltsam schon, wie er mit den Armen herumfuchtelte. Ich dachte, er macht Blödsinn. Spielt Theater. War ja so einer. Dann tauchte er weg und ich ging."

Sandra atmete erleichtert auf. ‚Glück gehabt. Er hat es wirklich nicht mitgekriegt, damals, als Tom und ich um die Wette geschwommen sind beim letzten Inselschwimmen. Nein. Er war ja nicht dabei. Wollte nicht. Nicht ohne mich an seiner Seite.

Jetzt gehört er mir. Für eine Nacht. Mir ganz allein. Seine letzte Liebesnacht für viele Jahre. Er mit seiner Retterin. Ich mit dem niederträchtigen Killer meines Geliebten. – Untreue? Für blinde Pharisäer, mag sein. Für mich aber die süßeste Rache, die ich mir vorstellen kann. Jahrelang wird er sich im Knast damit quälen müssen, dass ich mich ihm aus Rache hingegeben, nein, mich auf ihn gestürzt habe, um mit wachen Augen den makabren Reiz zu kosten, einen Mörder, beinahe meinen eigenen Mörder, ins Verderben zu vögeln. - Und danach, wenn er sich meiner leidenschaftlichen Liebe sicher fühlt, schlaftrunken neben mir liegt, wird sich eine Gelegenheit finden ...'

Sie war ihm um den Hals gefallen. Als ob es eines Signals überhaupt noch bedurft hätte.

‚Verflogen die kriminalistischen Gedanken, die Augen zu, die Sinne wach bis zum Zerreißen. Ich will ihn fühlen, den Mörderleib, ihn an mich ziehen, mich auf ihn drücken. Seine Männlichkeit genießen. Arme, Schultern, Atem, Lippen, Zunge, Mörderbeine, die mich umschlingen, Würgerhände, die ich um meine Kehle lege, die sich lösen, mich wie besessen auf ihn drücken und bereit machen zu seinem letzten Liebesakt...'

44.

Nach der Befragung von Bettina war der Fall als Entführung eingestuft worden. Die Polizei ging behutsam vor, um Sandra nicht zu gefährden. Alle Polizeidienststellen und einschlägigen Behörden waren benachrichtigt und wurden mit Personenbeschreibungen und

Fotos versehen. Aber eine öffentliche Fahndung unter Einschaltung der Medien wurde noch unterlassen, damit Jörg noch nicht erfahren konnte, wie weit die Polizei informiert war und was sie unternahm. Aber die Polizei tappte im Dunkeln. Zwar hatte man Jörgs Auto schnell gefunden, aber das machte die Angelegenheit noch undurchsichtiger. Beamte befragten Bahnreisende, ob sie die Gesuchten auf dem Bahnsteig gesehen hätten. Andere kümmerten sich um die Buslinien. Alle örtlichen Taxiunternehmen meldeten Fehlanzeige. Das Paar schien der Erdboden verschluckt zu haben.

Kommissar Bielfeld brummte in einer Lagebesprechung am Sonnabendvormittag:
„Der hatte doch Zeit, das vorzubereiten. Mit seiner alten Kiste wäre er nicht weit gekommen. Weil sie langsam und anfällig ist. Und weil wir sie kennen. Der hatte einen anderen Wagen irgendwo bereitgestellt. Also ran an die Leihwagenfirmen. Zwei Mann laufen rum und fragen, ob in der Nachbarschaft des Jugendtreffs oder in der Nähe des Duvendiek ein Auto geparkt war, das da nicht hingehört."
Mit der Ausführung dieser Befehle Bielfelds war die Polizei wieder einen halben Tag beschäftigt.

An diesem Samstag wollte Carsten Wode die Reusen leeren. Er hatte sie am letzten Sonnabend gestellt.
Aus seinem Beratungsunternehmen für die Fischwirtschaft hatte er sich etwas zurück gezogen. Ein neuer Geschäftsführer brauchte Raum für neue Ideen, und den ließ ihm Wode. Gerne nahm er noch an der einen oder anderen Forschungsreise teil, ansonsten kümmerte er sich um den Bordesholmer See. Hier hatte er das Fischereirecht gepachtet, wie bereits sein Großvater. Wode lenkte sein Motorboot an die Netze heran. Er war einer der wenigen Privilegierten, die ein Motorboot auf dem Bordesholmer See benutzen durften. Aber was war das? Die Markierungsboje schwamm allein an ihrem Ort, die Reuse war von ihrer Befestigung losgerissen.

Als sie das Tuckern des Motorbootes hörten, huschten Jörg und Sandra aus der Hütte. Im Gebüsch versteckt, beobachteten sie den

Fischer. Jörg blickte durch sein Fernrohr. Er ahnte, was der Mann in dem Boot wollte. Und richtig, bei der Reuse hielt er an. Es war jetzt ganz still über dem morgenkühlen See. Die Nebelschwaden waren verschwunden, sie konnten den Mann im Boot genau erkennen.

„Carsten Wode", sagte Jörg, „wenn er nur nicht hier her kommt."

Dabei griff er Sandra über die Schulter und legte seine Hand auf ihren Mund.

„Wieder solch ein verrückter Segler. Können die sich nicht an ihr Revier halten?", knurrte Wode. Es würde einige Zeit brauchen, um das zerrissene Netz zu bergen. Vielleicht würde er noch Haken und andere Hilfsmittel von der Insel brauchen. Carsten Wode guckte auf die Uhr. Bereits nach 11, um 12 Uhr wurde er zum Mittag erwartet, danach sollte es mit dem Enkel in den Tierpark Warder gehen. Er könnte zu Hause anrufen, aber das bedeutete wieder Stress. Nein, Wode entschied sich, die Netze am nächsten Tag in Ordnung zu bringen. Er startete den Außenbordmotor und nahm Kurs auf den Steg des Angelvereins vor dem Alten Kreishaus. Er ahnte nicht, dass er durch ein Fernglas von der Insel aus mit einer Mischung aus Argwohn, Furcht und Hoffnung beobachtet wurde.

„Mist. Der kommt wieder, und dann kommt er auch auf die Insel. Hier ist ja sein Werkzeug!" Jörg blickte Sandra an. „Noch heute Nacht müssen wir runter von der Insel."

Niemandem war ein besonderes Auto aufgefallen. Weder im Duvendiek noch in der Finnenhaussiedlung. Ein brauner Mazda erwies sich als Gefährt eines Gastes, der sein Auto lieber stehen gelassen und es zwei Tage später abgeholt hatte. Keine der Befragungen und Maßnahmen hatte weiter geführt. Die Kommission trat auf der Stelle. Um 15.00 Uhr hatte man sich am Sonnabend in der Polizeistation versammelt.

„Die Handys. Können wir die Handys orten?"

Ein junger Kollege stellte die Frage. Es wurde beschlossen, die Handynummern von Jörg Janson und Sandra Zimmermann zu ermitteln und eine Überwachungsgenehmigung zu erwirken.

„Dann können die sein, wo sie wollen. Wenn sie das Handy nicht abschalten, kriegen wir sie."

„Tja, überall."

Bielfelds kriminalistischer Instinkt sagte ihm, dass hier etwas völlig falsch lief. Plötzlich schoss ihm ein Gedanke durch den Kopf: „Wir suchen überall. Glauben, die sind abgehauen? Was ist aber, wenn die das gar nicht vor haben? Wenn die warm und trocken irgendwo sitzen und sich über unsere hektischen Aktivitäten kaputt lachen? Wo können sie Unterschlupf gefunden haben? Wer wäre bereit, sie zu verstecken? Wo können sie sich unbemerkt verbergen? Einen Tag ermitteln wir noch in diese Richtung. Dann geben wir die Großfahndung heraus."

Bielfeld war an diesem Abend zum Grünkohlessen der Bordesholmer Liedertafel eingeladen. Ein Kollege von der Schutzpolizei, mit dem er lange Jahre zusammen gearbeitet hatte, war im Sommer König geworden und hatte ihn eingeladen. Das wollte er nicht versäumen und übergab Kommissarin Friedberg die Bereitschaft. Bei der klingelte um 21 Uhr das Telefon. Das Ergebnis der Ortung der Handys wurde ihr durchgegeben:

„Handy 0171 2376487, Besitzerin Sandra Zimmermann: keine Signale festgestellt. Handy 06145 973462, Besitzer Jörg Janson. Schwache Signale aus der Fläche des Bordesholmer Sees", meldete der Kollege.

„Was heißt das. Liegt das Handy im Wasser?"

„Ja, kann sein, wenn es nicht zu tief ist. Oder auf einem Boot."

„Vielen Dank. Wir kümmern uns."

Die Kommissarin wandte sich wieder ihrer Beschäftigung zu. Sie las Vernehmungsprotokolle.

‚Wahrscheinlich hat Jörg sein Handy in den See geworfen, bevor er abgehauen ist. Der weiß doch genau, dass man das orten kann. Hat bestimmt längst ein anderes.'

45.

Zu Hause war dicke Luft gewesen. Frau Harz war immer noch verärgert über den Streich, der ihr mit dem angeblichen Preisgewinn gespielt worden war. Tochter Bettina war es satt, fortgesetzt mit anhören zu müssen, wie ihre Mutter allen Leuten von ihrem Erlebnis des vergangenen Tages erzählte. Pausenlos telefonierte sie ihre Empörung in alle Richtungen. Als Bettinas Freund Jens-Owe klingelte, ließ sie ihn gar nicht erst hereinkommen. Sie griff sich ihre Fellmütze, warf sich in ihren wärmsten Mantel und zog den jungen Mann mit sich fort.

„Ist was?", fragte er erstaunt.

„Seespaziergang."

„Jetzt? Bei der Kälte?"

„Schnell. Ich will zur Vogelwiese. Gleich ist Mondfinsternis", log sie und ging voraus zu seinem Manta.

„Na dann. OK."

Geschickt hatte Jens-Owe die Schranke am Parkplatzende umfahren, und nun saßen sie eng umschlungen in ihrem getunten Kult-Opel mitten auf der winterlichen Vogelwiese und ließen sich vom Blick über den See, dem klaren Sternenhimmel und dem dröhnenden ,Radio RSH' berauschen.

„Schön ist es hier", flüsterte er ihr ins Ohr.

„War doch eine tolle Idee mit der Mondfinsternis. Oder?"

„Ist denn keine?"

„Du merkst auch alles!"

Jens-Owe kam aus Nortorf, er kannte die Leute vom Bordesholmer Jugendtreff nicht.

„Ist schon krass, dieser Jörg. Aber das mit dem Messer geht zu weit", meinte er.

Sie saßen eng umschlungen, weil das schön war und wärmte, und blickten auf den See hinaus. Hier war die Insel dem Festland am nächsten. Von hier startete in jedem Jahr das Inselschwimmen, eine Breitensportveranstaltung des TSV Bordesholm. Man musste die Insel einmal schwimmend umkreisen. Dafür bekam man eine Urkunde und etwas Warmes zu trinken. Jens-Owe unterbrach das

Schweigen:

„Wohnt da jemand auf der Insel?"

„Nein. Soviel ich weiß gibt es dort nur eine Hütte für den Fischer. Ich war aber noch nie drauf, nur als vor ein paar Jahren der See zugefroren war, bis zum Ufer. Da war ein Schild ‚Betreten verboten', und das haben wir respektiert. Andere aber nicht. – Weshalb fragst du überhaupt?"

„Weil ich meine, dort hat sich etwas bewegt. Und ein Lichtschein war da auch. Aber nur ganz kurz."

„Kann doch eigentlich nicht sein. Wer soll sich zu dieser Uhrzeit da herumtreiben?"

Aber ihre Aufmerksamkeit war erweckt. Und richtig, einige Minuten später blinkte wieder ein kleiner Lichtschein von der Insel herüber. Dieses Mal hatten beide das Licht gesehen.

„Tatsächlich. Da ist jemand", sagte Bettina. In ihr dämmerte ein Verdacht.

„Hast du dein Handy dabei?", fragte sie Jens-Owe.

„Ja. Aber kein Geld drauf. Muss eine neue Karte kaufen."

„Macht nichts. Polizei geht auch so. Ruf mal an. 110."

„Was ist denn los? Räuberbande auf der Insel?"

„Nein, aber ich glaube, Jörg mit Sandra."

„Hier Polizei-Notruf 110. Was ist passiert?"

Bettina hatte den Lautsprecher des Handys angestellt.

„Ich glaube, ich weiß, wo sich Jörg und Sandra aufhalten."

„Welcher Jörg und welche Sandra?"

„Jörg Janson und Sandra Zimmermann. Die beiden Gesuchten aus Bordesholm."

„Und wer sind Sie?"

„Bettina Harz. Auch aus Bordesholm."

„Und wo sind Sie?"

„Ich bin am Bordesholmer See. Ich glaube, Jörg und Sandra sind auf der Insel."

„Sie wissen, dass Fehlalarme strafbar und teuer sind!"

„Ja, aber..." Bettina brach das Gespräch ab.

„Der glaubt, ich will ihn veräppeln. Wir müssen nach Hause. Frau Friedberg oder Herrn Bielfeld anrufen. Die wissen Bescheid."

155

Der Beamte in der Notrufzentrale hatte das Gespräch bereits vergessen, da musste er wegen einer anderen Ermittlung in die Liste der gesuchten Personen blicken. Mit dem Finger fuhr er die Spalten herunter. Bei ‚J' stieß er auf Jörg Janson. Er fluchte und rief in Bordesholm an.

Geheimnisse bleiben keine Geheimnisse.

In den „Seeterrassen" brannte noch Licht. Wo im Sommer die Rettungsschwimmer Dienst taten, hat Thomas Schuneck mit seinen Mitstreitern eine beschauliche kleine Gaststube eingerichtet. Dort saßen noch einige Gäste bei Glühwein oder Bier.

Einen kochenden Topf kann man zum Stillstand bringen, aber nicht das Gerücht im Dorf. Zu viele Befragungen waren durchgeführt, zu viele Aktivitäten von Polizeibeamten bemerkt worden. Die Geheimhaltung zeigte ihre Rückseite: Wo Informationen fehlen, dort wachsen Vermutungen und Halbwahrheiten:

„Habt ihr schon gehört. Den Jungen vom Jugendtreff suchen sie. Polizei befragt alle, die ihn kennen."

„Der soll ein Mädchen vom Jugendtreff entführt haben. Aber weit wird der nicht kommen. Hat doch keine Kohle."

„Nee. Die Sandra, die wohnt bei uns in der Nachbarschaft. Die soll freiwillig mit dem abgehauen sein."

„Wie hieß der noch Mal, der vom Jugendtreff. Jörg glaube ich."

Jürgen hatte die Küche aufgeräumt und kam jetzt in den Raum:

„Wovon redet ihr? Wer ist weg vom Jugendtreff?"

„Na der Jörg. Mit einer Sandra. Entführt – verführt – wer kann das sagen? Halb zog er sie, halb sank sie hin…"

„Und die Polizei sucht die?"

„Ja. Lebst du hinterm Mond?"

Jürgen fummelte sein Handy aus den weiten Taschen seiner Outdoor-Hose und ging nach draußen.

46.

Kurz nach 22.30 gingen bei Kommissarin Erika Friedberg zwei Telefonate ein, die sie zum sofortigen Handeln veranlassten. Sie rief die Leitstelle an. Man solle ein Boot zum Bordesholmer See schicken. Dann wählte sie die Nummer des Hotels Carstens und ließ sich mit Hauptkommissar Bielfeld verbinden. Bielfeld war in guter Stimmung, wurde aber blitzschnell nüchtern.

„Ich komme sofort. Treffen in der Polizeistation."

Die wohl umfangreichste Polizeiaktion in der Geschichte Bordesholms lief an.

Alle Bootsstege und möglichen Anlegestellen am Seeufer wurden von Polizeibeamten besetzt. Da sich die Polizisten nicht durch die Scheinwerfer ihrer Fahrzeuge verraten sollten, mussten die Autos ohne Licht an die Einsatzstellen herangeführt werden. Um 23.30 war der Ring um den Bordesholmer See geschlossen. Zu dieser Zeit trafen zwei Schlauchboote der Wasserschutzpolizei Kiel ein. Sie wurden an der Badestelle und von der Vogelwiese zu Wasser gelassen. Um 24 Uhr gab Bielfeld, der auf dem Boot saß, das von der Vogelwiese aus startete, das Signal zum Zugriff.

47.

Erst nach Stunden waren Jörg und Sandra zur Ruhe gekommen. Alle nervliche Anspannung war von ihnen genommen. Triumph, Ruhe und Zuversicht waren eingekehrt.

Jörg hatte sich noch einmal von seiner neuen und alten geliebten Freundin losgerissen und die wichtigsten Sachen ins Boot gebracht, es zur Wasserlinie gezogen und zwei Uhr als Abfahrtzeit festgelegt.

„Das ist eine gute Zeit. Es ist noch dunkel. Wir nehmen die Fahrräder vom Jugendtreff. Dann fahren wir nach Nortorf. Der erste Zug fährt zwar erst um 8 Uhr aus dem verträumten Nest ab. Aber wir können vorher noch frühstücken und vielleicht etwas einkaufen."

Sandra hatte ergeben geseufzt, als Jörg die Weckfunktion seiner Armbanduhr aktivierte. Dann hatte sich Dunkelheit und Stille behütend über sie gebreitet. Tief und fest waren sie schließlich eingeschlafen. Friedlich lagen sie da.

Den Wecker brauchten sie nicht. Um Punkt 24.15 erhellten Scheinwerfer die Insel. Motorengeräusche klangen vom Ufer herüber. Sie bemerkten es nicht. Dann hallte die Stimme von Kommissar Bielfeld durch das Megaphon metallisch laut verstärkt über das Wasser:

„Jörg Janson und Sandra Zimmermann. Wir wissen, dass Sie auf der Insel sind. Kommen Sie zum Anleger. Dort werden wir Sie aufnehmen."

Jörg und Sandra fuhren hoch und stürzten aus der Hütte. Die herumgeisternden Scheinwerferkegel konnten sie wegen der Bäume und Büsche nicht erfassen. Ein Polizeiboot lag vor dem Anleger, der taghell beleuchtet war.

„Das alte Boot des Fischers!" Jörg hatte das kleine Ruderboot des Fischers auf der gegenüberliegenden Seite der Insel gesehen. Er wusste nicht, ob es seetüchtig war.

„Sandra komm, pack mit an!"

Wie in Trance folgte Sandra dem Befehl. Das kleine Boot war schwer, aber es gelang ihnen, es auf den dafür vorgesehenen Rollen ins Wasser zu bringen. Es lag versteckt in den Uferpflanzen, als Bielfelds Stimme nochmals erklang:

„Sie haben keine Chance. Gehen Sie zum Anleger. In fünf Minuten landen wir und holen Sie!"

Jörg legte die Ruder in die Dollen.

„Setz dich ganz nach vorne. Auf den Boden. Ich stoße ab und springe hinein."

Jörg lief ins Wasser, bis es ihm zu den Knien reichte. Er spürte den morastigen, weichen Untergrund beim Absprung. Dann war er drin und begann zu rudern. Wie durch ein Wunder wurde diese Seite der Insel nicht von Scheinwerfern abgesucht. Kommissar Bielfeld wollte seinen Triumph genießen und hatte auch das zweite Polizeiboot auf die Anlegerseite befohlen. Jörg hielt auf den Schilfgürtel neben der Vogelwiese zu, die kürzeste Verbindung. Das Boot war alt, Wasser trat ein. Plötzlich flammte auf der Vogelwiese ein Scheinwerfer auf.

Sandra erhob sich, trat mit einem Bein auf den Rand des Bootes, schwenkte ihren weißen Schal und schrie aus Leibeskräften:
„Hierher, hier ist er!"
Jörg sprang auf, wollte sie zurückhalten, die verruchte Verräterin an sich reißen, aber Sandra, jeden Augenblick gewahr, sein Messer in ihrem Rücken zu spüren, stieß sich kräftig ab und sprang in das kalte Wasser. Der Abstoß Sandras brachte es zum Kentern. Die schwere Holzkonstruktion begrub Jörg unter sich.
Sandra war eine gute Schwimmerin. Sie kraulte, so schnell sie konnte, auf das Scheinwerferlicht zu. Sie wusste, zwei höchstens drei Minuten würden sie durchhalten können in dem eisigen Wasser. Wenn sie dann nicht gerettet würde, wäre es aus. Aber das Wasser schien sie zu lähmen. Ihre Kleidung zog sie nach unten. Sie wusste, dass das Wasser hier sehr bald flach werden müsste, versuchte mit den Zehenspitzen, den Grund zu erreichen. Die Füße gingen ins Leere. Sie spürte, wie ihre Kräfte sie verließen. Ihr wurde schwarz vor Augen. Da wurde sie mit festem Griff gepackt und in das Polizeiboot gezogen.
„Das wäre Nummer eins!" brummte Bielfeld.
Alle Scheinwerfer richteten sich auf den gekenterten Kahn. Aber nichts regte sich. Beamte in Neoprenanzügen glitten ins Wasser, drehten das Boot, aber Jörg war nicht zu finden. Nach einer Stunde wurde die Suche abgebrochen.
„Das ist eine Aufgabe für die Polizeitaucher", sagte Bielfeld und ließ die Suche beenden.

Ende

Anmerkungen

[1] Zitiert nach: Ernst Blöcker, Chronik der Gemeinde Reesdorf, 1998

[2] Die zweite Kindergruppe ‚Sud-Piraten' ist frei erfunden. Ebenso alle beschriebenen Begebenheiten, die sich darum ranken. Das gleiche gilt natürlich auch für alle anderen Handlungen dieses Romans. Falls es Ähnlichkeiten mit wirklichen Vorkommnissen geben sollte, sind diese unbeabsichtigt und rein zufällig.

[3] 1. Johannes 3,18

[4] ‚Die schöne Müllerin' Von Franz Schubert vertonter Gedichtzyklus von Wilhelm Müller: Ein junger Müllersgeselle befindet sich auf Wanderschaft. Er folgt dem Lauf eines Baches, der ihn schließlich zu einer Mühle führt. Dort verliebt er sich in die Tochter seines neuen Meisters. Doch die angestrebte Liebesbeziehung zur schönen und für ihn unerreichbaren Müllerin scheitert. Zwar scheint sie ihm vielleicht zunächst nicht abgeneigt. Doch dann wendet sie sich einem Jäger zu, denn dieser hat den angeseheneren Beruf und verkörpert Maskulinität und Potenz. Aus Verzweiflung darüber ertränkt sich der unglückliche Müllergeselle in dem Bach, der im Liederzyklus selbst den Rang einer teilnehmenden „Figur" einnimmt: Er wird häufig vom Müller direkt angesprochen; ... im letzten Lied (Des Baches Wiegenlied) singt der Bach ein wehmütiges Schlaf- und Todeslied für den Müllergesellen, der in ihm ruht wie im Totenbett. Der Bach wird als Freund des Müllers angesehen aber er kann auch als Feind wie Mephistopheles gedeutet werden, denn er führt den Müller in den Tod.
- Quelle: Wikipedia

[5] Nach „Schleswig-holsteinisches Sagenbuch aus der Müllenhoffschen Sammlung", Verlag Boysens & Co., Heide

[6] Original: Shakespeares Hamlet-Monolog Dritter Akt, erste Szene (Übersetzung nach Schlegel, zitiert aus Wikipedia):
> ‚Sein oder Nichtsein, das ist hier die Frage:
> Ob's edler im Gemüt, die Pfeil' und Schleudern
> Des wütenden Geschicks erdulden, oder,
> Sich wappnend gegen eine See von Plagen,
> Im Widerstand zu enden. Sterben – schlafen –
> Nichts weiter! – und zu wissen, dass ein Schlaf
> Das Herzeweh und die tausend Stöße endet
> ...'

Bordesholmer Edition
eine Reihe für Autoren von Bordesholm und Umgebung
Herausgeber: J. Baasch und H. Wiedling, Bordesholm
bordesholmer.edition@yahoo.de

In der gleichen Reihe erschienen:

Bd. 1: Das Grab auf der Insel
Der erste Bordesholmkrimi
von Jürgen Baasch, Lydia Glaubke, Charlotte Günther,
Ines Reich und Hartmut Wiedling
ISBN 978-3844800067   172 Seiten   Preis 9,90€

Bd. 2: De Borsholmer Jedemann
Hugo v. Hofmannsthal sien Stück,
in`t Plattdüütsche sett vun Jürgen Baasch
ISBN 978-3848218066   128 Seiten   Preis 8,90€

Bd. 3: Das Licht
und andere Erzählungen
von Jürgen Baasch, Kirsten Frahm,
Viktor Vogt und Hartmut Wiedling
ISBN 978-3848227112   136 Seiten   Preis 8,90€

Bd. 4: Krimidinner
Kriminalroman
von Hartmut Wiedling
ISBN 978-3848219711   260 Seiten Preis 14,90€